ひまわりのかっちゃん

西川つかさ

講談社

装画　北村ケンジ
装丁　中村光宏

ひまわりのかっちゃん

西川つかさ

講談社

はじめに

ボクはテレビやラジオの台本、あるいは漫画《まんが》の原作や小説を書いて暮《く》らしている。

といっても、地味で目立たない仕事ばかりやってきたので、ボクの名前を知っている人はあまりいないと思う。

それでも自ら好きで選んだこの仕事に就《つ》けたことの幸運に感謝《かんしゃ》し、ボクなりの誇《ほこ》りも持っているつもりなのだが、自分にものを書く才能《さいのう》があると思えたことは一度もなく、いつも書くことのむずかしさとたいへんさに悩《なや》み苦しんでばかりいる。

締《し》め切りが迫《せま》ってきても、いいアイディアがまるで浮《う》かばないときなどは、いっそどこかへ逃《に》げてしまいたいと思ったことも数知れない。

そんなとき、ボクはいつも小学校五年生の春休みに出会った恩師《おんし》のことを思い出す。

ボクにとって、その先生との出会いは、本当に奇跡《きせき》のようなものだった。

あれからもうずいぶん長い歳月《さいげつ》が経《た》っているけれど、ボクは今もあの先生と過《す》ごしたあの春休みの二週間の一日一日の出来事、そのときの空気の匂《にお》いや小さな風景、感じたこと、思ったことをついこの間のことのように鮮明《せんめい》に思い出すことができる。

その先生と出会うまでのボクは自分のことを『かっちゃん』と言い、周りの人たちからもそう呼《よ》ばれていた。

本当の名前は、『司《つかさ》』というのだけれど、たぶん「つかさちゃん」では言いにくく、「つかちゃん」になり、いつの間にか「かっちゃん」におさまったのだろうと思う。

しかし、そのころの記憶《きおく》は自分でも驚《おどろ》くほど少ない。

幼児期《ようじき》の記憶がないというのは、それほど珍《めずら》しいことではないと思うが、ボクの場合は小学校の五年までの記憶のほとんど——学校で習ったことや、同級生たちと遊んだこと、彼《かれ》らの顔や名前——が、まるで消しゴムで消されたように、ない。

あるのは、消しゴムで消してもうっすらと残る鉛筆《えんぴつ》書きの下絵のような、モノクロームのうすぼんやりとしたものばかりだ。

それが、あの先生と出会った小学校五年生になる春休みを境《さかい》にボクの意識《いしき》や感覚、いつも見ていたはずの風景までもが一変したのだ。

ボクは思う。

もし、あの春休み、あの先生と出会っていなかったとしたら、ボクの人生は今とはまったく別の違《ちが》うものになっていただろうと——。

I

小学校一年の終業式の日のことだった。

学校が終わったかっちゃんは、担任《たんにん》の伊藤《いとう》先生とふたりで家に帰ることになった。

伊藤先生は若《わか》くてきれいな女の先生で、そのうえとてもやさしくしてくれたので、かっちゃんは大好きだった。

伊藤先生は、かっちゃんと並《なら》んで歩こうとしてくれるのだけれど、かっちゃんはわざと後《おく》れて歩いた。

そうすれば、風を受けて流れてくる伊藤先生のお化粧《けしょう》のいい匂《にお》いを嗅《か》ぐことができるからだ。

「せんせい、なして、かっちゃんとウチさ行ぐの?」

ようやく遅《おそ》い春がきて、雪解《ゆきど》けの水でぬかるむ道を、足の大きさよりずいぶん大きなぶかぶかした長靴《ながぐつ》をはいたかっちゃんは、うれしさを隠《かく》し切れない笑顔《えがお》で聞いた。

学校のみんなに人気のある伊藤先生とふたりきりで外を歩いていることが、なにか特別な扱《あつか》いを受けているようで、とても誇《ほこ》らしい気持ちだったのだ。

「今日はね、かっちゃんのおかあさんにとっても大切なお話があるからよ」

真っ白なブラウスの上に、厚手《あつで》の淡《あわ》いピンク色の上着とおそろいのスカートをはいた伊藤先生は、顔だけ振《ふ》り向いて笑みを浮《う》かべて言った。

伊藤先生の言葉には訛《なま》りがない。それがまた、あかぬけた感じがして好きだった。

しかし、そのときの伊藤先生の笑顔は、かっちゃんには、いつものとはどこか違《ちが》うように思えて、少しだけ不安になった。

かっちゃんの通う小学校は、北海道南部の久遠郡大成町《くどうぐんたいせいちょう》という日本海に面したとても小さな漁村の高台にあって、晴れた日には奥尻島《おくしりとう》が間近にくっきりと見えた。

その小学校とかっちゃんの家は、とても近い。グラウンドの横の道をまっすぐ行った突《つ》き当たりの住宅地《じゅうたくち》にあって、歩いて十分とかからない。

「ごめんください」

木造《もくぞう》の引き戸を開けて土間に入った伊藤先生が、奥《おく》に向かって声を高くして言った。

「はぁ〜い――」

すぐに家の奥から伊藤先生よりもっと甲高《かんだか》い声が返ってきて、

「ああ、伊藤先生、どーもどーも……」

台所で洗《あら》い物《もの》でもしていたのか、白いエプロンで手をふきながら愛想《あいそ》笑いを浮《う》かべたおかあちゃんが姿《すがた》をみせた。

おかあちゃんは、こどものかっちゃんから見ても美人だな、と思う顔をしている。

もちろん、年齢《ねんれい》は伊藤先生よりずっと上だけれど、おかあちゃんがちゃんと化粧《けしょう》をすれば、伊藤先生より何倍もきれいになるかもしれない。

しかし、かっちゃんは、おかあちゃんが苦手だった。

かっちゃんが弟たちとけんかしたり、なにか悪いことをすると、おかあちゃんは大きな目をつり上げて金切り声をあげながら、竹でできた物差しで半ズボンの下の太ももをみみずばれができるほど叩《たた》くからだ。

もっとひどいときは、「じょっぴんをかる」と言って、かっちゃんのほっぺたを思い切りつねったまま外に出し、内側から錠《じょう》をかけて暗くなっても家の中に入れてくれないことだってある。

「先生、つかさ、またなんか悪いごとでもしたんだべか？」

おかあちゃんは、顔を険《けわ》しくさせて、かっちゃんを見ながら言った。

おかあちゃんが、「かっちゃん」と呼《よ》ぶのは、よほど機嫌《きげん》のいいときだけだったから、怒《おこ》られてばかりいるかっちゃんは、めったにそう呼ばれることがない。

「いえ、そうではなくて――実は、あのぅ、やっぱりかっちゃんは二年生から〝ひまわり学級〟に入れたほうがいいと思いまして。そのほうがかっちゃんにとってもいいでしょうし、教頭先生も校長先生もそうしてはどうかと言っているものですから……」

伊藤先生は、緊張《きんちょう》した面持《おもも》ちで、ゆっくりと言葉を選ぶようにして言った。

それを聞いたかっちゃんは、

（やったぁ！　やっぱし、かっちゃん、伊藤先生のごと好きだな。したって、かっちゃんが行ぎたいどこさ入れでけるんだもの！）

と心の中で叫《さけ》んで、ばんざいしそうになったけれど、おかあちゃんの顔を見て思い止《とど》まった。

おかあちゃんは絶句《ぜっく》したまま、目から涙《なみだ》がぼろぼろとあふれ出し、崩《くず》れるように床《ゆか》にひざをつくと、エプロンで顔を覆《おお》って、わあわあ大声をあげて泣きだしたのだった。

おとうちゃんと夫婦《ふうふ》げんかをしても、こんなに大声で泣くおかあちゃんの姿《すがた》をかっちゃんは見たことがない。

（なして、おかあちゃん、泣ぐんだべか？　かっちゃん、前からひまわり学級さ入りてぇなって思ってだのに……）

かっちゃんは、ただびっくりして、おかあちゃんを見ていた。

かっちゃんは、〝ひまわり学級〟が、知的障害児《しょうがいじ》が入る教室だということを理解《りかい》していなかった。

学校で何人かの生徒たちが、ひまわり学級の生徒を見つけると、「やーい、ひまわり、ひまわり」と囃《はや》し立てることがたまにあるから、その生徒たちからは好かれていないんだろうな、とは思っていた。

しかし、かっちゃんは、ひまわり学級の生徒たちのことが嫌《きら》いではなかったし、その教室がとても楽しい教室だと思っていたので、よく授業中《じゅぎょうちゅう》に自分の教室から抜《ぬ》け出して遊びにいっていた。

今日だって、ほとんどひまわり学級にいたのだ。

「お、おかあさん、今日から春休みですし、その間にいろいろとお考えいただいて……」

伊藤先生は、おろおろしながらそう言うと、

「失礼します」

と言って、逃《に》げるように出ていった。


昼ごはんを食べ終えると、おかあちゃんの特訓がはじまった。

「いいが、つかさ？ さっき昼ごはん食べだべ？ 昼ごはんは、〝じゅうにじ〟に食べるもんなんだ。んだがらぁ、この長い針《はり》ど短い針が——ここさ重なる。わがるな？」

茶の間の柱時計の下に小さな踏《ふ》み台《だい》を置き、その上に立っているおかあちゃんは、柱時計のガラス戸を開けて振《ふ》り子《こ》を止めて、長い針と短い針を文字盤《もじばん》の真上に重ねて言った。

おかあちゃんから少し離《はな》れたところに立たされているかっちゃんは、

（んだったべが？ さっぎ、ごはん食べだどきは、重なってねがった気がする）

と、思っていた。

「いいがい？ 時計を見るどきは、長い針はまず関係ねの。このまんま、真上に置いどくからな。何時が見るには、この短い針が指してるどころば見ればいいんだ。ほら、ここに数字あるべ。これを言えばいいだけだ。見でみれ。何ば指してる？ 何時だ？」

おかあちゃんは、短い針《はり》を時計の右側の真ん中に持っていって言った。

「………」

かっちゃんは答えられない。

かっちゃんは、数字の1から10までなら数えることも書くこともできるけれど、それ以上になるとあやふやになる。

漢数字になると、もっとダメだ。

「一」は、わかる。次は、ひとつ線が増《ふ》えて「二」だからわかる。その次はまた増えて「三」になるからわかる。

しかし、問題は、その次だ。どうして、いきなり「四」という形になってしまうのか理解《りかい》できないのだ。

「四」もわからないのだから、それ以上の「五」だの「六」だの「七」「八」「九」「十」になると読み書きどころか、ただの不思議な形にしか見えず、わけがわからなくなる。

それなのに柱時計に刻《きざ》まれている数字はローマ数字だった。

かっちゃんには、漢数字以上に理解不能《ふのう》で、おかあちゃんから何度説明されても覚えられなかった。

「はやぐ、答えなさいっての！」

おかあちゃんは眉間《みけん》に皺《しわ》を寄《よ》せて、激《はげ》しい口調で言う。

それでも答えないでいると、おかあちゃんは左手に持っていた物差しをおもむろに右手に持ちかえて、
ピシッ！

かっちゃんの半ズボンから出ている太ももを叩《たた》いた。

「いでえッ！」

かっちゃんは、顔をゆがめて声をあげる。

しかし、おかあちゃんの怒《いか》りはおさまらない。

「なしてわがらないの！　なして、おめは、すったらはんかくさいの！」

「はんかくさい」というのは、「とろい」とか「のろい」とかと似《に》た意味で、「馬鹿《ばか》」よりちょっとマシくらいだろうか。

おそらく「生半可《なまはんか》」の「半可」に「臭《くさ》い」がくっついた言葉で、「可能なことの半分しかできないにおいがする」ということではないかと思う。

「何回教えだらわがるのさ！　このばがッ！」

ピシッ、ピシッ、ピシッ……おかあちゃんは、ものすごい形相をして手に持った竹の物差しをかっちゃんの両足の太ももに容赦《ようしゃ》なく交互《こうご》に浴びせる。

かっちゃんは、そのたびに「いでぇっ、いでぇっ」と声をあげ、真夏の海の熱い砂浜《すなはま》の上を素足《すあし》で歩くときみたいに、左足と右足を交互に上げ下げしながら飛び跳《は》ねる。

両足の太ももには、いくつも赤いみみずばれができて、とても痛《いた》いのだが、かっちゃんは泣かない。

慣《な》れているということもあるけれど、そうやって叩《たた》かれるときは、かっちゃんよりおかあちゃんのほうが辛《つら》そうな顔をして泣いているから、泣くきっかけを失ってしまうのかもしれない。

叩き疲《つか》れたのか、それとも我《われ》に返ったのか、おかあちゃんは踏《ふ》み台《だい》から降《お》りると、かっちゃんの肩《かた》に両手を置いて、

「いいが。つかさ。勉強しねば、ほんとの馬鹿《ばか》になってしまうんだよ？　したら、おめが困《こま》ど思うがら、おかあちゃん、厳《きび》しくしてんだ。わがるべ？」

と、いつもの言葉をいつものようにエプロンで涙《なみだ》を拭《ふ》きながら、悔《くや》しそうな声で言う。

「うん……」

かっちゃんもいつものようにうなずくのだけれど、勉強ができないとどうして困ることになるのかわからなかった。

かっちゃんが家族の中でいちばん大好きなおばあちゃんは字も読めないし、算数もあまりできないけれど、困っているようには見えないからだ。

前に一度そんなようなことを言ったら、「屁理屈《へりくつ》こぐんでねッ」と鬼《おに》のような形相で、もっと強く何回も叩かれたので、おかあちゃんの言うことには逆《さか》らわないことにしている。

おかあちゃんは、涙を拭き終えると、

「つかさ、よーぐ聞げ。もし、おめがひまわり学級さ行ぐなんてごとになったら、おとうちゃんとおかあちゃん、村の人だちの笑いものになって、恥《は》ずがしぐて、村、歩げなぐなるんだよ」

と言った。

それを聞いてかっちゃんは、おかあちゃんがどうして伊藤先生の前で、あんなに大泣きしたのかようやくわかった。

しかし、かっちゃんは、

(したけど、そったらごとにはならねぇど思うんだけどなぁ)

と思う。

かっちゃんのおとうちゃんは、電力会社の所長をしている。

家とくっついた事務所《じむしょ》で、電柱を建てて電気を通す計画を立てたり、濃《こ》いオレンジ色のバイクに乗って電気料金の徴収《ちょうしゅう》をしに出かけたり、停電したという連絡《れんらく》がくればすぐに飛んでいって直したりするのが主な仕事だ。

それから村の夏祭りがあるときは、怖《こわ》い顔をした香具師《やし》の親分が夜店で使う電気の便宜《べんぎ》を図ってくれと子分の人たちといっしょに来て、日本酒の「男山《おとこやま》」や「北《きた》の誉《ほまれ》」の一升瓶《しょうびん》を何本も持って頼《たの》みに来たりもした。

そして、おとうちゃんが祭りの夜店の電気の見回りに行くときにいっしょについていくと、どこの夜店もタダにしてくれたので、

（おとうちゃんは、えれぇんだなぁ）

と、かっちゃんは思っていた。

そうした電気の仕事以外にも、おとうちゃんは若《わか》いころ柔道《じゅうどう》をやっていたとかで、骨折《こっせつ》したとか脱臼《だっきゅう》したと言ってくる村の人たちの治療《ちりょう》をしてあげていた。

治療してもらう人たちはそのお礼に、農家の人ならジャガイモやカボチャ、キュウリ、トマトなどの野菜。漁師《りょうし》の人は鮭《さけ》やタラコ、スルメ、ウニやアワビといったいろんな魚介類《ぎょかいるい》を持ってきてくれた。

おかあちゃんはおかあちゃんで、村の人たちからとても評判《ひょうばん》がよかった。

おとうちゃんと部下の宮脇《みやわき》さんが外回りに出ているとき、おかあちゃんは事務所の留守番《るすばん》をすることになっていて、いろんな人がやってくる。

たとえば、電気料金の支払《しはら》いを待ってほしいと言ってくる人や、まだ電話を持っている家が少なかったので、事務所の黒くて大きなガリガリとネジを巻《ま》いて交換手《こうかんしゅ》を呼《よ》び出す電話を借りに来る人、また近所の人にかかってきた電話の取り次ぎも迷惑《めいわく》がらずに笑顔《えがお》で対応《たいおう》していたので、「所長さんちの奥《おく》さんは、美人で働き者のやさしい人」だと感謝《かんしゃ》されていた。

だから、かっちゃんがひまわり学級に入っても、何人かの生徒たちは「やーい、ひまわり、ひまわり」とかっちゃんを囃《はや》し立てるかもしれないけれど、村の人たちが、おとうちゃんとおかあちゃんを笑いものにするなんてことは絶対《ぜったい》ないと思うのだ。

しかし、おかあちゃんはそうは思っていないようで、

「おめは、九九《くく》とひらがなはわがってるから、あどは時計の見方だけわがれば、ひまわり学級

さ行がなくていいようになるんだがらな？」

と言う。

ところが、実はかっちゃんは、九九もひらがなも本当はわかっていなかった。

ただ、九九の暗唱ができるというだけで、掛《か》け算《ざん》どころか一桁《けた》の足し算や引き算の問題さえも紙に書かれて出されたら、答えを書くことができない。

ひらがなも同じで、五十音は暗唱できるけれど、書くことも読むこともなんとなく程度《ていど》しかできないのだ。

九九とひらがなの暗唱ができるようになったのは、二歳《さい》年上の「お兄《にい》」のおかげだった。

かっちゃんが小学校に入学する半年くらい前から、お兄は布団《ふとん》を敷《し》く部屋の天井《てんじょう》に学習雑《ざっ》誌《し》の付録についてきた「九九」と「ひらがな」が書かれた大きな紙を画鋲《がびょう》で留《と》めて、それをいっしょの布団に入ってから眠《ねむ》るまでの間、かっちゃんに毎晩《まいばん》何回も復唱《ふくしょう》させたからだった。

かっちゃんが唯一《ゆいいつ》ちゃんと書ける「にしかわつかさ」という名前も、そのころにお兄がつきっきりで書く特訓をしてくれて、なんとか書けるようになったのだ。

しかし、かっちゃんは「に」という文字が、どうして「に」と読み、そういう形をしているのかぜんぜんわからない。なぜ、数字の「1」の横に、さらに漢数字の「二」を書くのか？同じ「に」と読むなら「二」でいいではないか？

「し」は「し」で、どうしてこんな釣《つ》り針《ばり》のような形をしたものを「し」と読むのか、「J」だっていいではないか？

「か」や「わ」になると、もうどう書けばいいのかまるっきりわからず、書くたびに似《に》て非《ひ》なる形になってしまうこともしばしばだ。

たとえなんとか書けたとしても、ただ「それらしい」というだけで、一度としてまったく同じ形や大きさに書けたことはない。

「さ、いいが？　も一回、時計の見方の説明するど。まず、長い針は関係ねの。この長い針は、この〝じゅうに〟のところから動げないようにしとくがらな」

気を取り直したおかあちゃんは、またはじめからやるつもりだ。

しかし、かっちゃんは、

（かっちゃんよりが、おかあちゃんのほうが、はんかくせぇんでねべが？）

と、思う。

関係ないのなら、どうして長い針《はり》があるのかわからないし、〝じゅうに〟という数字のところから動かないようにするといっても、おかあちゃんが勝手にそうしているだけなのだ。

振《ふ》り子《こ》が動くようになれば、ふたつの針は自然とまた動き出すのだから、おかあちゃんがなにをしようとしているかわからず、かっちゃんの頭の中は、ますますこんがらがってくる。

「さぁ、も一回。これは、何時だ？」

長い針は真上を指したままで、短い針はさっきのまま右半分のちょうど真ん中のローマ数字を指している。

しかし、何度同じことを聞かれても、かっちゃんは、なんて答えればいいのかわからない。

「答えれっての！」

おかあちゃんは、前よりもっとヒステリックな声を張《は》り上げた。

いよいよ困《こま》ってしまうと便意をもよおすクセがあるかっちゃんは、苦しそうに顔をゆがめはじめる。

すると、おかあちゃんは止《や》めるどころか、もっとボルテージを上げ、

「このみったぐなし！　すったら、みったぐない顔するんでねっての！」

と、叫《さけ》ぶ。この言葉が出ると、おかあちゃんのがまんも限界《げんかい》に近づいている。

「みったぐなし」というのは、「見たくない」が訛《なま》ったもので、かっちゃんはお兄と比較《ひかく》されてよくそう言われていた。

つまり、おかあちゃんの怒《いか》りが限界に達したとき、かっちゃんは「とろくさくて、見たくない」という身もフタもないこどもになってしまうのだ。

「答えれ！　答えれっての！」

おかあちゃんは、物差しを「ビュン、ビュン」と、ひっきりなしに空を切らせて叫んでいる。

その音が恐《おそ》ろしくて、ぎゅっと目をつぶっていたかっちゃんは、

（しかだね。でだらめに答えて叩《たた》がれるが……）

と、覚悟《かくご》を決めて目をあけた。

すると、柱時計のある茶の間の向こうの部屋からこっちを見ているお兄の姿《すがた》が見えた。

（お兄！）

思わず声をあげそうになると、それを察したお兄は、あわてて唇《くちびる》に人差し指を立てた。

なにもしゃべるな、ということだ。

かっちゃんがそれを理解《りかい》したとみたお兄は、今度は右手の指を三本立てて、こっちに向けて何回も押《お》し出した。

(?　……あ、そういうごとが！)

やっと意味がわかったかっちゃんは、

「さんじ！」

と、叫《さけ》んだ。

「⁉　——ンだ！　それでいいんだ、かっちゃん！」

久《ひさ》しぶりにおかあちゃんが、かっちゃんと呼《よ》んでくれた。

そして、乗っていた踏《ふ》み台《だい》から降《お》りてくると、おかあちゃんはかっちゃんを抱《だ》きしめながら頭をなでて、

「ほらな？　やればできるようになるんだがら！　——さ、次いくど？」

と、嬉々《きき》とした声で言うものだから、ズルをしているかっちゃんは、逃《に》げ出してしまいたい気持ちになった。

その一方で、

(したけど、なしてお兄は、時計ば見でないのにわがるんだべが?)

と、かっちゃんは不思議でならなかった。

「いいが？　今のが、おやつば食べる時間の三時だど。忘《わす》れるなや？」

おかあちゃんは、そう言うと、また柱時計のところに行った。

でも、かっちゃんちは、おやつがあるときもあればないときもあるのだから、忘れるなと言われても困《こま》ってしまう。

だが、かっちゃんは、おかあちゃんが次になにを教えようとしているかが、だんだんわかってきた。

最初が昼ごはんを食べる〝じゅうにじ〟で、さっきはおやつの時間の〝さんじ〟だから、今度は晩《ばん》ごはんの時間を教えるつもりなのだろう。

でも、晩ごはんもその夜によって、早いときもあれば遅《おそ》いときもあるのだから、その時間を覚えさせてどうするつもりなのだろう？

そんなかっちゃんの気持ちなどわかるはずもないおかあちゃんは、

「ほら、短い針《はり》が長い針の真下にきて、一本になったべ？　さ、かっちゃん、何時だ？」

と、期待を込《こ》めて聞いてくる。

わかるはずもないのだが、こんなにおかあちゃんが、かっちゃんを見てうれしそうにしているのは久《ひさ》しぶりのことだ。なんとか答えなければいけない。

かっちゃんは、祈《いの》るような思いで、お兄の姿《すがた》を探《さが》した。

が、さっきまでいた場所に、お兄の姿はなかった。

かっちゃんは、絶望的《ぜつぼうてき》な気持ちになった。

「なしたのさ？　さあ、これは、何時だっていってんの……」

おかあちゃんの声が、まるで悪魔《あくま》がつぶやく呪文《じゅもん》のように聞こえてくる。

かっちゃんは、おかあちゃんの顔つきが変わっていくのが怖《こわ》くてまともに見られず、下を向いた。

「なして、下ばり見でんのさ！　時計、見ねでわがるわげねべ⁉」

またおかあちゃんの声が、激《はげ》しくなってきた。

（でだらめに答えるしがねな……）

かっちゃんは、覚悟《かくご》を決めて顔をあげた。

と、お兄が、勝手口のほうから奥《おく》の部屋に入ってくるのが見えた。

（？　……あぁ、そういうごとかぁ！）

かっちゃんは、ようやく合点《がてん》がいった。

お兄は、おかあちゃんが時計の針《はり》をいじっている間に、勝手口から正面玄関《げんかん》に回り、窓《まど》ガラス越《ご》しに柱時計を見て、また走って戻《もど》ってきて、かっちゃんに指で教えていたのだ。

「つかさ、はやぐ答えろって言ってるべ！」

おかあちゃんは、大きな目をつり上げると、持っていた物差しを思い切り力を込《こ》めて振《ふ》って、「ビュッ！」という恐《おそ》ろしく大きな音をたてた。

（お兄、はえぐ教えでけれ！）

祈るようにお兄を見ると、お兄は右手の手を広げて、左手の人差し指で右手の親指から数えるようにという仕草《しぐさ》をした。

かっちゃんは、その指を必死に数える。

（ご？）

が、お兄は、最後に広げた右手の手のひらに左手の指を一本立て、押《お》し出した。

かっちゃんは、元気いっぱいに答えた。

「ご、と、いち！」

おかあちゃんは、目をくわっと大きく剝《む》いてかっちゃんを見ると、すぐに、ハッとした顔になり、物差しを持ったまま腰《こし》をかがめて、奥の部屋へ振り向いた。

その素早《すばや》い動作は、まるでなにか獲物《えもの》の動物を探《さが》している恐《おそ》ろしい魔物《まもの》のように、かっちゃんには思えた。

お兄が、奥《おく》の部屋から勝手口へと、サッと横切って逃《に》げていく姿《すがた》が見えた。

「お兄ッ！　おめが教えでたのがッ！」

おかあちゃんが叫《さけ》んだ。

「逃げれーッ！」

お兄も叫ぶ。

「待でぇー、このーッ！」

おかあちゃんがお兄とかっちゃんのどっちを捕《つか》まえるべきか迷《まよ》っているその隙《すき》に、かっちゃんは玄関《げんかん》に向かって猛《もう》ダッシュして逃走《とうそう》した。


「もう、大丈夫《だいじょうぶ》みてぇだな……」

家の前の草むらにかっちゃんといっしょに隠《かく》れているお兄が言った。

「うん。おっかながったな」

言葉とは裏腹《うらはら》に、かっちゃんはうれしそうな声を出している。

お兄が助けてくれたこともうれしかったし、こういうハラハラドキドキがたまらないのだ。

「したけど、おめ、まだ時計の見方わがらねのが?」

草むらから出たお兄が、小学校のグラウンドのほうに向かいながら言った。

「うん……」

お兄にも何度も教わっているのだ。かっちゃんは、申し訳《わけ》ない気持ちになった。

そして、思い切って聞いてみた。

「なあ、お兄、かっちゃん、ひまわり学級さ行ぎたいんだけど、ダメが?」

するとお兄は、まるで奇妙《きみょう》な動物でも見つけたようなポカンとした顔をして、

「おめ、なに言ってんだ?」

と、かっちゃんを見た。

「今日な、担任《たんにん》の伊藤先生が家さ来て、二年生になったら、かっちゃんばひまわり学級に入れたらどうがって言ってくれだんだわ」

お兄は、びっくりした顔をしている。

「おめ、すったらバガだったのが?」

「通信簿《つうしんぼ》もらうどき、○とか△とかつけられねがったって、伊藤先生に言われだ」

かっちゃんは、ちょっと恥《は》ずかしそうに言った。

「したら、なんてつけられたんだ?」

「見だっけ、上から下まで長い線、引っ張《ぱ》ってあったよ?」

かっちゃんには、それがどういう意味なのかわからない。

伊藤先生は、評価《ひょうか》のつけようがなかったのだ。


村には幼稚園《ようちえん》がなく、いろいろなこどもたちが集まる学校のような場所を知らなかったかっちゃんは、小学校に行くことをとても楽しみにしていた。

二年先に小学校に入学していたお兄に、かっちゃんの知らない友だちがたくさんできたのを見て、すごく楽しいところに違《ちが》いないと思っていたのだ。

ところが、いざ小学校に入学してみると、担任《たんにん》の伊藤先生はきれいな人でよかったのだけれど、勉強となるとちんぷんかんぷんで退屈《たいくつ》でしょうがなかった。

休み時間になっても知らない子ばっかりで遊べず、せっかく休み時間になってもすぐに終わってしまい、またちんぷんかんぷんの勉強がはじまってしまう。

しかも授業中《じゅぎょうちゅう》に伊藤先生に指されても、なんて答えていいかわからないから、クラスのみんなに笑われて恥ずかしい思いまでしてしまう。

音楽や体育は、そんなにちんぷんかんぷんではなかったけれど、みんなと同じに合わせてやらなければならず、それがうまくできないからつまらない。

そんな毎日を送っていたある日、かっちゃんは休み時間中に、お兄を探《さが》してひとりで学校の中をふらふら歩いていると、廊下《ろうか》の奥《おく》の教室から笛や太鼓《たいこ》の音が聞こえてきた。

近づいてみると、男の子や女の子の五、六人の生徒がいて、楽器を鳴らしている子もいれば絵を描《か》いている子、机《つくえ》が少ないので広くなっている教室の中で鬼《おに》ごっこをしている子もいた。

ひまわり学級だった。

お兄を探していたことなどすっかり忘《わす》れたかっちゃんは、そのひまわり学級の教室の戸を開けて、「仲間に入れでけれ」と言うと、みんな身振《みぶ》り手振りで喜んで迎《むか》え入れてくれた。

かっちゃんは休み時間の終わりを告げるチャイムが鳴っても、そのままひまわり学級で遊んでいた。

しばらくするとおばあちゃん先生がやってきて、かっちゃんに何年生だと聞いたので、

「小学校さ、入ったばっかりだよ」

と答えると、伊藤先生の教室に連れ帰されてしまった。

しかし、伊藤先生が黒板に向かってチョークでなにかを書いている隙《すき》に、かっちゃんは教室からそっと抜《ぬ》け出して、またひまわり学級に行くようになった。

そんなことを繰《く》り返していたあるとき、かっちゃんを連れ戻《もど》しにきた伊藤先生が、自分の教室に向かう廊下《ろうか》の途中《とちゅう》で立ち止まった。

そして、かっちゃんの肩《かた》に両手をかけてしゃがみ込《こ》むと、

「かっちゃん、先生のこと嫌《きら》い？」

と、悲しそうな顔で聞いた。

好きだ、とは恥《は》ずかしくて言えなかったかっちゃんは、顔を赤くしてうつむきながら首を振《ふ》った。

「そう……でも、先生の教室より、さっきの教室のほうがいいの？」

伊藤先生は、少しだけほっとした顔になった。

「したって、かっちゃん、勉強わがらねがら……」

今度は、かっちゃんのほうが困《こま》った顔になった。

「だけどね、かっちゃん。わからないことを、わかるようになるために勉強するところが学校なのよ？」

「したけどぉ、かっちゃん、勉強、好ぎでないし……」

するとと伊藤先生は、励《はげ》ますように明るい声で、

「なに言ってんのぉ。勉強が好きな子なんていないわよぉ。でもね、勉強しないと大きくなったとき困るから、みんな勉強するのよ」

と、おかあちゃんがいつも言うことと同じことを言う。

かっちゃんは、勉強ができないとどうして困るのかわからないから黙《だま》るしかない。

伊藤先生も、しばらくの間どうしていいかわからない様子でいたけれど、

「そう。わかったわ。じゃ、しばらくひまわり学級に行っててていいわよ。でもね、ときどき先生の教室にも来てくれるかなぁ?」

と、やさしく言ってくれた。

「うん。給食は行ぐ」

かっちゃんは、ひまわり学級の生徒たちは好きだけれど、給食の時間になるとかっちゃんの分を取ろうとすることがあるからイヤだった。

しかし、自分の教室で給食を取れば、好きな伊藤先生の顔を見て食べられるし、コッペパンが嫌いな子や、その日のメニューが嫌いな子がかっちゃんに給食をくれるから、そうしたいと

思ったのだ。


そうしたことをかいつまんで、お兄に言うと、

「おめ、恥《は》ずがしくねのが？」

と、あきれた顔をして言った。

「なにが？」

「ひまわり学級だぞ、おめ」

お兄は、憎々《にくにく》しげに語気を強めて言う。

かっちゃんは、意地になって、

「なんも恥ずがしくねよ」

と、そっぽを向いた。

「ほんとにおめは、はんかくせぇやつだなッ」

お兄は、吐《は》き捨《す》てるように言ったきり、黙《だま》ってしまった。

やがてグラウンドが近づいてくると、お兄の友だちが数人いた。

「おめは、ここがら、ついでくるな」

お兄は、そう言うと、友だちのほうに走っていってしまった。

ひとり取り残されたかっちゃんは、仕方なく隠《かく》れ家《が》に行くことにした。

かっちゃんには、二歳《さい》ずつ年下の弟がふたりいるのだが、その弟たちとはけんかはするけれど、仲良く遊ぶということはなかった。

かっちゃんにとって、兄弟といえばお兄と自分だけという意識《いしき》しかなく、いつもお兄にくっついて遊んでいた。

しかし、そのお兄が小学校に行くようになると、さっきみたいに「おめは、ついでくるな」と言うことが多くなった。

理由を聞くと、お兄は「おめは、あいどくさいがらだ」と言う。

〝あいどくさい〟というのは、相手をするのが面倒《めんどう》くさいという意味だ。

それでもかっちゃんは、ついていきたくてしょうがなかったのだが、お兄の命令は絶対《ぜったい》だった。

お兄の顔はおかあちゃん似《に》で、周囲の人たちから「めんこい顔だ」とよく言われていた。

それに小太りで、ずんぐりむっくりのかっちゃんとは違《ちが》って、お兄はすらっと背《せ》が高くて頭もよく、勉強している姿《すがた》は見たことはないのだが、いつもテストで百点ばかりとっている。

おかあちゃんの話によると、お兄は小学校に上がるずいぶん前から、ひらがなの読み書きはもちろん、漢字もいくつか読み書きができ、算数の足し算引き算、九九までも完全にマスターしていたそうだ。

おまけにスポーツ万能《ばんのう》で、走るのも速いし、鉄棒《てつぼう》の逆上《さかあ》がりも水泳もでき、大人の自転車だって軽々と三角乗りで走り回ることができる。

そのうえけんかも強く、年上のガキ大将《だいしょう》からも一目置かれていたから、かっちゃんはお兄の弟だということで誰《だれ》からもいじめられることはなかった。

〝みったくなしで、はんかくさい、かっちゃん〟にとって、お兄は、まさにスーパーマンのような存在《そんざい》なのだ。

そんなお兄だったから、おかあちゃんは、お兄をとてもかわいがり、なにかと特別扱《あつか》いした。

たとえば、お兄は床屋《とこや》さんに連れていかれてかっこいい髪型《かみがた》に刈《か》ってもらえたけれど、かっちゃんは、おかあちゃんに襟足《えりあし》は痛《いた》いバリカンで刈られ、前髪は布《ぬの》を切る裁断用《さいだんよう》の大きなハサミでジョキジョキ切るだけのぼっちゃん刈り。

服もお兄はいつも新品のものを着ていて、かっちゃんはお兄のお下がりばかり。

かっちゃんが小学校に入学するときのランドセルもお兄のお下がりをあてがわれ、三年生になるお兄に新品のランドセルを買い与《あた》えたほどだ。

でも、かっちゃんはそれで文句《もんく》を言ったり不満に思ったことはない。むしろ、お兄が着ていたもの、身につけていたものが自分のものになることがうれしかったのだ。

しかし、お下がりのセーターや半ズボンは、すぐに擦《す》り切れて穴《あな》が開く。そうなるとおかあちゃんが継《つ》ぎ当てをして繕《つくろ》ってくれるのだが、それが何度も続くとさすがにかっこ悪いと思いはじめる。

そこで「新しいの買ってけれ」と、おかあちゃんに訴《うった》えるのだが、「どごにそんなお金あるのさ。おめが破《やぶ》ったんだべ。がまんしろってばや！」と、いとも簡単《かんたん》に却下《きゃっか》されるのだった。

そういうときでも、かっちゃんは泣いたりはしない。ただ、機嫌《きげん》を悪くして、ごはんを食べず、おかあちゃんをじっと睨《にら》みつけて無言の抗議《こうぎ》を行うのだ。

するとおかあちゃんは、「このじょっぱり！　いつまでもいつまでも根にもってぇ。あー、めんこぐねッ。食べたくねなら、食べるな！」と、逆《ぎゃく》に睨《にら》みつけられ、かっちゃんのおかずを弟たちにやってしまうのだった。

「じょっぱり」とは、「強情《ごうじょう》っ張《ぱ》り」を短くしたものだ。

見事にハンガーストライキは失敗に終わり、その夜はお腹《なか》が減《へ》って泣きそうになるのだが、見かねたおばあちゃんがこっそりおにぎりを作って食べさせてくれるから、かっちゃんはへこたれない。

そういうことがしょっちゅうだったから、おかあちゃんは、よけいにかっちゃんに厳《きび》しく当たるのだと思う。

しかし、あまりにも理《り》不《ふ》尽《じん》なことが続くと、さすがにかっちゃんも家にいることがいやになって、ひとりで隠《かく》れ家《が》に行く。

隠れ家は、学校と反対側のグラウンドの向こうに広がっている笹藪《ささやぶ》の中にある。

目印は、グラウンドから笹藪に入るところに踏《ふ》みつけられている跡《あと》で、そこをかき分けてしばらく進むと、トタンで作った小屋のようなものが見えてくる。

かっちゃんとマサのふたりで作ったものだ。

マサは、かっちゃんの家からそれほど遠くないところに住んでいるお兄の同級生で、「ろくでなしのマサ」と呼《よ》ばれている。

丸坊主頭《まるぼうずあたま》で体も大きいマサは、自分より弱そうな年下のこどもを集めては、危《あぶ》ないことやいやがることを無理やりさせたり、家のお金を盗《ぬす》んで買い食いしたりする、手がつけられない悪ガキという評判《ひょうばん》だった。

かっちゃんもお兄から、自分といっしょのとき以外は遊ぶな、と言われていたけれど、小学校に行くようになったお兄は外では遊んでくれなくなったし、マサは大人たちの評判ほど悪い子ではないと思っていたので、よくふたりで遊ぶようになっていた。

マサは、いろんな遊びをかっちゃんに教えてくれた。

その中で、かっちゃんの一番のお気に入りは、トノサマガエルを捕《つか》まえて、お尻《しり》の穴《あな》にストローを差し込《こ》んで空気を入れる遊びだった。

無理やり空気を入れられてお腹をパンパンに膨《ふく》らませたトノサマガエルをどぶに放してやると、トノサマガエルは潜《もぐ》ろうとしても、お腹の空気が抜《ぬ》けないうちは潜れないので、首を突《つ》っ込んでは浮《う》かび、突っ込んでは浮かびする。その格好《かっこう》がなんとも間抜けでおもしろいのだ。

マサは同じカエルでもアマガエルでは、また違《ちが》う遊び方をした。

ふたりでアマガエルをできるだけ多く捕まえると、

「いいが。よぐ見でろ。このカエルたちば天国さ行がせるがらな」

マサはそう言って、にやりと笑うと家から盗《ぬす》んできた灯油を缶《かん》のフタの隙間《すきま》から入れ、マッチで火をつけた。

ボッと音をたてて缶は燃《も》え上がり、火が消えるのを待ってフタを取ってみると、どのアマガエルも両手を合わせて、成仏《じょうぶつ》したような格好《かっこう》になっていた。

まるで不思議なマジックを見せられたように驚《おどろ》いているかっちゃんに、マサは、「な？すげぇべ？」と、鼻の穴《あな》を膨《ふく》らませて得意げな顔をする。

ほかにもマサは自分の家のジャガイモ畑に連れていって、大昔の人たちが動物を獲《と》るときに使ったという矢じりや土器の破片《はへん》を拾わせてくれたり、ザリガニ捕《と》りにはカエルの肉を使うとたくさん捕れるとか、草笛の作り方と鳴らし方など、お兄も知らないおもしろいことをかっちゃんにいろいろと教えてくれた。

だから外で遊んでくれなくなったお兄の目を盗んで、かっちゃんはマサとふたりでこの秘密《ひみつ》の隠《かく》れ家《が》を作ることにしたのだ。

隠れ家といっても、拾ってきたトタンの大きさに合わせて、四隅《すみ》の土の中に拾い集めた長さの違《ちが》う木を埋《う》め込《こ》み、天井《てんじょう》と周囲にトタンを張《は》りつかせただけのものだ。

その隠れ家に、拾った矢じりや土器、捕《つか》まえたザリガニの入った缶や、勝負に強いメンコやビー玉、銀玉鉄砲《てっぽう》などを自分たちの宝物《たからもの》として、誰《だれ》にも見つからないように隠している。

しかし、マサといっしょにこの隠れ家に来ると、ひとつだけかっちゃんは困《こま》ることがあった。

マサは、どこかで拾ってきたぶわぶわになった大人が読む雑誌《ざっし》に載《の》っている女の人の裸《はだか》の写真を目をらんらんとさせて見て、

「かっちゃんも、ほれ、見でみろじゃ」

と、必ず見せようとするのだ。

しかし、かっちゃんは、厚化粧《あつげしょう》をしておっぱいを見せている写真の女の人たちの顔が魔女《まじょ》を連想させて怖《こわ》かったし、おかあちゃんの裸も見たことがなかったから、大人の女の人の裸は見てはいけない気がして目を逸《そ》らすのだった。

だから、かっちゃんはこの隠れ家にはひとりで来ることが多かった。

隠れ家にひとりでいると気持ちが不思議と落ち着いてきて、たまらなくいやなことがあったときは、心おきなく思い切り声をあげて泣くことができるのだった。

いちばん大きな声をあげて泣いたのは、かっちゃんが一年生になったばかりのときで、いちばん下の弟が大けがをしたときのことだ。

その日、学校から帰ったかっちゃんが、いつものように外に遊びに行こうとすると、台所にいたおかあちゃんに呼《よ》び止められた。

行くと、おかあちゃんは湯飲み茶碗《ぢゃわん》をいくつか載《の》せたお盆《ぼん》を差し出して、これはおとうちゃんの事務所《じむしょ》で使うものだから持っていけという。

しかし、気が急《せ》いていたかっちゃんは、長い廊下《ろうか》でつながっている事務所に行くのが億劫《おっくう》で、事務所には運ばずに茶の間のテーブルに置いて遊びに行こうとした。

そして、玄関《げんかん》に行って靴《くつ》を履《は》いたときだった。

ガチャンという音とともに、弟の凄《すさ》まじい泣き声が聞こえた。

驚《おどろ》いて泣き声がするほうに行ってみると、三歳《さい》になったばかりのいちばん下の弟が事務所の床《ゆか》のコンクリートの上で血だらけになって倒《たお》れたまま、火がついたように泣き叫《さけ》んでいた。

その周りには、湯飲み茶碗の欠片《かけら》が散らばっていた。かっちゃんが、茶の間に置いてきた湯飲み茶碗だった。

いちばん下の弟は、どういうわけか茶碗やコップが好きで、よくそれらを持って口に当てながら危《あぶ》なっかしい足取りで歩いていた。

おそらく、そのときも茶の間のテーブルの上に置いてあった湯飲み茶碗を口に持っていって、かっちゃんの代わりにおとうちゃんの事務所に持っていってやろうと思ったのだろう。

そして、事務所とつながっている廊下のへりに足を引っかけて落下したのだ。

駆《か》けつけてきたおかあちゃんは、顔を蒼白《そうはく》にさせて、「どうすべ……どうすべ……」とおろおろするばかりだった。おばあちゃんは完全に腰《こし》が抜《ぬ》けたみたいになって、床にペタンと座《すわ》り込《こ》んでいた。

そのそばで、なにが起きているのか理解《りかい》できていない顔をしているすぐ下の弟が、ポカンと口をあけていた。

お兄は、まだ学校から帰っていなかった。

「病院さつれでぐ！」

外でバイクの修理《しゅうり》をしていたおとうちゃんが騒《さわ》ぎを聞きつけてやってくると、血まみれの弟を抱《だ》きかかえて、すぐさま外に飛び出していった。

かっちゃんは、ただ呆然《ぼうぜん》と立ちすくんで、

（かっちゃんのせいだ。おかあちゃんから言われたとおりに運んでれば、こったらごとにならねがったのに……)

と、がたがた震《ふる》えていた。

おかあちゃんは病院からおとうちゃんと弟が戻《もど》ってくるまで、おばあちゃんの胸《むね》に顔をうずめて、こどものようにずっと泣いていた。けれど、かっちゃんを責《せ》めたり、叩《たた》いたりすることはなかった。

おかあちゃんも本当はおとうちゃんといっしょに病院についていきたかったのだろうけど、部下の宮脇さんが外に出ており、事務所《じむしょ》の留守番《るすばん》をしなければならなかったのだ。

おとうちゃんと弟が病院から帰ってきたのは、夕方だった。

麻酔《ますい》が効《き》いてぐっすり眠《ねむ》っていたいちばん下の弟の鼻は、手術糸《しゅじゅつ いと》でぐちゃぐちゃに縫《ぬ》われてひきつれたようになっていて、見ているほうが痛《いた》い気持ちになるほどだった。

「運よぐ、茶碗《ちゃわん》の破片《はへん》が刺《さ》さったのは鼻だけで、目に入らねがったがらよがったと。もし、破片が目に入ってでだら失明しでだとよ」

弟を奥《おく》の部屋の布団《ふとん》におろして、おとうちゃんが淡々《たんたん》と言うと、おかあちゃんは、眠《ねむ》っている弟の頭をやさしく撫《な》でながら、腹《はら》の底から絞《しぼ》り出すような悲痛《ひつう》な声をあげて泣いた。

「仏《ほとけ》さまが守ってけだんだ。ありがでぇ。いがった、ほんとにこれだけで済《す》んでいがった……」

すぐ下の弟をひざに座《すわ》らせていたおばあちゃんは手を合わせて拝《おが》みながら、声をつまらせて泣いていた。

かっちゃんは、学校から帰ってきたお兄の隣《となり》でただただ震えていた。

お兄は、悲しそうな目をして、じっと弟の眠っている顔を見つめていた。

「傷《きず》は残るべけど、大ぎぐなって整形手術ばすれば消せるべど」

おかあちゃんの泣き声が静まるのを待って、おとうちゃんが言った。

それを聞いたおかあちゃんは、

「わだしが悪いんだッ……わだしが目ば離《はな》さながったら、こったらごとにはならねがったんだもの。おかあちゃん、どんなにお金かがっても手術させてやるがらなッ。絶対《ぜったい》にこの傷ばきれいに消してやるがらな。だがら、許《ゆる》してけれな！　許してけれッ……」

と、さらに声をあげて号泣《ごうきゅう》した。

おかあちゃんは、お兄の次にいちばん下の弟をかわいがっていた。

おかあちゃんが、四人もこどもを産んだのは女の子が欲《ほ》しかったからだそうで、残念なことにその四番目も男の子だったのだが、その想《おも》いが少しは通じたのか、いちばん下の弟は女の子みたいなかわいい顔をしていた。

だから、おかあちゃんは、いちばん下の弟に女の子みたいな服を着せて、お兄とはまた違《ちが》うかわいがりかたをしていた。

そんなかわいい弟の顔に、時間がいくら経《た》っても消えない傷《きず》がいくつもできてしまったのだ。

しかも、それはかっちゃんのせいだ。かっちゃんは、弟と代わりたいと心底から思った。

自分は、どうせみったくない顔をしているのだから顔にいくら傷がついてもなんともない。

そして、

(なして、おかあちゃん、かっちゃんば怒《おこ》ってけねんだ？　こういうどぎごそ、怒ってければいいのに。思いっきり、ぶっ叩《たた》いで、かっちゃんの顔でもどこでも、なんぼでも傷つけでければいいのに……)

と、思っていた。

せめてそうしてくれれば、どれだけかっちゃんは救われた気持ちになれただろう。

しかし、とうとうおかあちゃんから一言も怒られることも叩かれることもなかったので、かっちゃんはいたたまれず、その場からそっと抜《ぬ》け出して秘密《ひみつ》の隠《かく》れ家《が》に来て泣いた。

(かっちゃんが治してやるがら。したって、かっちゃんのせいなんだがら……。かっちゃんが大ぎぐなったら、お金ばうんと稼《かせ》いで手術《しゅじゅつ》ば受けさせでやるがらッ……)

そう心の中で叫《さけ》びながら、かっちゃんはしゃくりあげて、おいおい声をあげて泣いたのだった。

風が吹《ふ》いて笹《ささ》がざわざわと音をたてはじめた。外に目をやると、夕暮《ゆうぐ》れになっていた。

心細くなってきたかっちゃんは、隠れ家から抜け出ると夕日で赤く染《そ》まった誰《だれ》もいないグラウンドを横目に見ながら、口笛を吹いて家に向かって歩いた。

しかし、すぐに家の中に入っていく勇気は出てこないので、さっきお兄と身を潜《ひそ》めた家の前の草むらで様子をうかがうことにした。

すると、

「かっちゃーん、ごはんだよー。どこさいるのー」

と、家の庭に出てきたおばあちゃんの姿《すがた》が見えた。

「おばあちゃん!」

かっちゃんは草むらから飛び出して、大好きなおばあちゃんのもとに駆《か》け寄《よ》った。

「おばあちゃん、おかあちゃん、怒《おこ》ってないが?」

かっちゃんは、おばあちゃんの手を取って聞いた。

「かっちゃん、叩《たた》かれで、逃《に》げだんだって?」

「うん。したって、うだでいでがったんだもの。お兄は、もう帰ってるの?」

〝うだで〟というのは、〝とても〟を超《こ》えた、さらに上のことだ。

「うん。帰ってるよ。お兄もいっしょに逃げだんだべ?」

「うん」

「お兄も怒られねがったがら、かっちゃんのごとも、もう怒んねべさ」

家に入るのをためらって足を踏《ふ》ん張《ば》っているかっちゃんに、おばあちゃんはやさしく言った。

「んだべがな?」

そもそもはお兄が悪いことをしたのではない。かっちゃんが時計の見方がわからなかったから、おかあちゃんは怒り出したのだ。

お兄は、かっちゃんを助けようとしただけだから、おかあちゃんはお兄のことはもう怒っていないかもしれないけれど、かっちゃんのことはそう簡単《かんたん》には許《ゆる》してくれないのではないか？

かっちゃんが不安そうにしていると、

「大丈夫《だいじょうぶ》だ。かっちゃんば叩ごうとしたら、おばあちゃんが守ってやるがら。さ、家さ入るべ？」

おばあちゃんは、どんなときでもかっちゃんの味方をしてくれる。

かっちゃんがたとえ自分でも悪いことをしたなと思っても、おばあちゃんは「なんも、かっちゃんばり悪ぐねよ」と言ってくれた。

そして、兄弟の中でいちばん〝はんかくさくてみったくなし〟のかっちゃんをおばあちゃんは、「おばあちゃんは、かっちゃんがいちばんめんこい顔してると思うよ。それがら、大ぎぐなったらいちばんかしこい子になると思うよ」と言ってくれるのだった。

今日だって、おばあちゃんがいてくれたら、きっと体を張って守ってくれたに違《ちが》いない。

前に叩かれたときも「やめれ！」と言って、おかあちゃんを叱《しか》ってくれたのだ。

それを思い出したかっちゃんは、

「なして昼間、おばあちゃん、いねぐなったの？」

と、聞くと、おばあちゃんは、

「おかあちゃんが、昼ごはん食べだら、かっちゃんど大事な話しねばならねがら、弟だちば連れで外に行ってでけれって言われだんだ。したけど、時計見れねがらって、物差しでぶっ叩《たた》ぐなんて、おかあちゃんのほうがはんかくせぇんだ。おばあちゃん、すったらごとで叩ぐなって、おかあちゃんば怒《おこ》っておいだがら」

と、自分のことのように怒った顔で言った。

「したら、おばあちゃんは、かっちゃんが、ひまわり学級さ行ってもいいど思うが？」

かっちゃんは、おばあちゃんの顔を不安そうに見た。

「う〜ん……あんまりいいごとだと思わねけど、かっちゃんがそうしてならそうすればいいべさ。仕方ねものな？」

おばあちゃんは、最初はちょっと困《こま》った顔をしたけれど、最後は笑顔《えがお》で目を細めて言った。

(やっぱり、かっちゃんはおばあちゃんが大好きだ)

と、かっちゃんは改めて思った。

かっちゃんにとってお兄がスーパーマンなら、おばあちゃんは守り神のような人なのだ。

かっちゃんは、すっかり安心して、おばあちゃんと家に入っていった。

Ⅱ

春休みが終わり、かっちゃんは二年生になったけれど、学校生活は一年生のときとなんら変わらなかった。

おかあちゃんと学校側との間で、どんな話し合いをしたのかわからないが、担任《たんにん》の先生は一年のときと同じ伊藤《いとう》先生で、出席をとるとかっちゃんは行きたいときに教室から抜《ぬ》け出してはひまわり学級に行って、太鼓《たいこ》を叩いたり笛を吹《ふ》いたり、絵を描《か》いたり、ぼーっと外を眺《なが》めたりしていた。

ひまわり学級はおばあちゃん先生が担任で、勉強を教えることはなく、ただ生徒たちのすることを眺めているだけだった。

たまに、生徒たちが楽器の奪《うば》い合いでけんかになったりすると先生は止めに入るけれど、なにかをするように強制《きょうせい》するようなことはなく、ときどき居眠《いねむ》りをしていた。

ただ、かっちゃんはいちばん大きくてでっかい音がする大太鼓《おおだいこ》が好きで、それを抱《かか》えるととても偉《えら》くなった気がして、先頭に立ってみんなを廊下《ろうか》に連れ出そうとすると、居眠《いねむ》りしていたおばあちゃん先生に気づかれて、

「みんな勉強してるんだから、教室から出るのはダメだよ」

と、やさしく叱《しか》られることはよくあった。

かっちゃんは学校が終わればマサと遊んだり、雨の日は家で『鉄腕《てつわん》アトム』や『鉄人28号』、『エイトマン』や『スーパージェッター』などのテレビアニメを夢中《むちゅう》になって見ていたけれど、おかあちゃんはあきらめがついたのか、学校のことや勉強のことはなにも言わなくなっていた。

お盆《ぼん》が近づいた夏休みのある日、かっちゃんは、お兄と函館《はこだて》の近くの大野町《おおのちょう》というところにあるおとうちゃんの実家に、泊《と》まりがけで遊びに行くことになった。

毎年、おとうちゃんがお兄だけを連れていくのだが、今年は忙《いそが》しいのでお兄がかっちゃんを連れていけと、おとうちゃんが言い出したのだ。

それを聞いたお兄は喜んでいたけれど、かっちゃんは気が重かった。

かっちゃんは、おとうちゃんの実家のおじいちゃんとおばあちゃんとは会った記憶《きおく》はないのだが、いかにひどい人たちであるかということを、おかあちゃんからいやというほど聞かされていたからだ。

それを聞かされるのは、決まっておとうちゃんとおかあちゃんが夫婦《ふうふ》げんかをした夜で、おとうちゃんが眠《ねむ》りについたあとに、おかあちゃんは延々《えんえん》と語った。

夫婦げんかは、おとうちゃんが、ほとんど毎日といっていいほど知り合いの家に呼《よ》ばれて酒を飲み、ぐでんぐでんに酔《よ》っ払《ばら》って帰ってくるにもかかわらず、家に帰ってきてもまだ酒を要求し、それをおかあちゃんが拒否《きょひ》することからはじまる。

「男はなあ、外に出れば七人の敵《てき》がいるんだ。なんも好ぎで飲んでるわげでね。電気料金ば払《はら》わね家さ行っだり、まんだ電気ば通さねぇどがんばる家さ行っで、口説《くど》いでるうちに酒ば出されるがら飲むべや。それも仕事だべ。仕方ねぐ飲むんだ。すったら酒はうまぐもなんともねぇ。したがら、家に帰ってきて飲みなおしてなにが悪いってがっ！」

と、普段《ふだん》はとても無口なおとうちゃんがクダを巻《ま》きはじめる。

が、おかあちゃんは、

「なんでもかんでも仕事仕事って言えばいいど思って！　したら、わだしはどうなんのさ。こども四人の面倒《めんどう》ば見ねばならねし、家がら一歩も出られねどころが、あんたが外に出るどきは事務所《じむしょ》の留守番《るすばん》させられで、やれ電気料金払《はら》えねがら肩代《かたが》わりしてけれだの、停電すれば、じゃんじゃん電話かがってきて、やれ金払ってるのにどうしてけるだの、無理ばり言われでそのたんびに頭下げで、一日も休める日ねえんだよ。それだのに、毎晩《まいばん》毎晩こったら酔《よ》っ払《ぱら》いの面倒まで見ねばならねなんで、もうごめんだじゃ！」

と、日ごろの鬱憤《うっぷん》をぶつける。

するど、おとうちゃんは怒《いか》りを爆発《ばくはつ》させて、

「やがましいッ。誰《だれ》のおかげでおめだち食ってられてるど思ってんだ！　誰がおめの婆《ばば》の面倒ば見でやってると思ってんだ！」

と、言ってはいけないことを口にしてしまうのだ。もうこうなると、ダメだった。

おかあちゃんは、悔《くや》し涙《なみだ》を流しながら泣きわめき、

「亭主《ていしゅ》が家族ば食わせるのは、あだりまえのごとだべさ！　おばあちゃんの面倒ば見させでけれって言ったのは、あんただべ！　そったらごと今さら持ち出すだなんて、あんまりでねが！　わがったよ、もうわがった。出ていげばいいんだべさ。出でいぐ。出でいってやっがらぁ！」

と、かっちゃんたちが寝《ね》ている奥《おく》の部屋の箪笥《たんす》のところにやってきて、大きな風呂敷《ふろしき》を広げて

荷物をまとめようとする。

そんなおかあちゃんのところに寝巻《ねま》き姿《すがた》のおばあちゃんが駆《か》け寄《よ》って、

「おめ、バカなごとやめれ。出でいぐって、おめの行ぐどこなんかどこにもねぇべさ」

と、あきれた声でいう。

するとおかあちゃんは、おばあちゃんの胸《むね》でこどものように、わあわあと声をあげて泣いた。

そして泣き終わると、今度はかっちゃんと同じ布団《ふとん》で寝ているお兄だけを起こして、

「お兄、よ〜ぐ聞げ。おかあちゃんは、おとうちゃんとなんか結婚《けっこん》したくてしたんでねぇんだよ。おとうちゃんが、どうしても結婚してけれ。おめのばあちゃんも死ぬまでおれが面倒見るがらって、頭ば下げて頼《たの》んだんだよ。したけど、結婚したらこのざまだべさ。わだしは騙《だま》されだんだ……」

と、涙ながらに自分の過去《かこ》を語りはじめる。

おかあちゃんは、樺太《からふと》で日本陸軍相手の旅館を営《いとな》んでいたおじいちゃんとおばあちゃんとの間に二人姉妹《しまい》の長女として生まれたのだが、小学校五年生のときに日本が戦争で負け、一家し

ておばあちゃんの弟がいる函館に筏《いかだ》のような船で命からがら逃《に》げてきたのだそうだ。

函館でおじいちゃんとおばあちゃんは、駄菓子屋《だがしや》をはじめた。

小さいときから夢《ゆめ》みる少女だったおかあちゃんは、高等女学校を卒業したら宝塚歌劇団《たからづかかげきだん》に入りたいと思って願書を送ったところ、見事書類審査《しんさ》に合格《ごうかく》し、あとは面接《めんせつ》だけ受ければ入れることになっていたという。

ところが、そんな矢先におじいちゃんが脳溢血《のういっけつ》で倒《たお》れて寝《ね》たきりになり、幼《おさな》い妹がいたおかあちゃんは仕方なく夢をあきらめ、店を切り盛《も》りするようになった。

やがておじいちゃんが亡《な》くなり、いい年頃《としごろ》になったおかあちゃんのもとに、嫁《よめ》に来てほしいという話があちこちから持ち上がった。

しかし、おばあちゃんとまだ中学に通う妹を残して嫁には行けない。

そこでおかあちゃんは、見合いを世話する人に、おばあちゃんと妹の面倒《めんどう》も見てくれるという人となら結婚《けっこん》すると言ったのだという。

何人も手を挙げた花婿候補《はなむここうほ》がいたそうだが、いちばん猛烈《もうれつ》にアタックして、おばあちゃんと妹の面倒も見るし、いっしょに暮《く》らしていいから結婚してくれと頼《たの》んだのがおとうちゃんだった。

しかし、おとうちゃんは貧《まず》しい農家の家の六人兄弟の長男だったから、おとうちゃんのおじいちゃんとおばあちゃん、それに弟や妹たちまで大反対したのだそうだ。

それでもおとうちゃんは、一家の大反対を押《お》し切っておかあちゃんと結婚し、おばあちゃんと妹を引き取って暮らしはじめた。

ところが結婚当初は西川《にしかわ》家の近くに住むことになってしまい、事あるごとに舅《しゅうと》と姑《しゅうとめ》、加えて弟や妹たちにそれはもうひどいいじめを受けたのだという。

「お兄、おめは西川の総領《そうりょう》の息子《むすこ》で初孫でめんこがられでるがら、あのじじいとばばあのごとばいい人だちだと思ってるがもわがらねけど、とんでもね人だちなんだよ。おとうちゃんの給料ば無心するわ、借金の肩代《かたが》わりさせるわ……それもこれも、わだしがおばあちゃんの面倒ば見でるごとの当てつけなんだ。ひどいど思わねが?」

お兄は、小さいときからひとりだけ西川の実家によく連れていかれ、戻《もど》ってくるといろんなおもちゃを持って帰ってきた。

もちろん、おとうちゃんの実家のおじいちゃんやおばあちゃん、おとうちゃんの弟や妹たちが買ってくれたものだ。

それにお兄は、行くたびにたくさんお小遣《こづか》いをもらったりしてよほど歓待《かんたい》されるらしく、おとうちゃんやおかあちゃん、かっちゃんにも得意げに、その様子を話してくれたものだ。

だから、おかあちゃんからおとうちゃんの実家の人たちの悪口を言われても、お兄は板ばさみにあってなんて答えればいいのかわからず、いつもただ黙《だま》って聞いている。

「おめ、なんも、まだこったらちっちゃなこどもに、すったらごとまで言わなくてもいいべさ……」

悔《くや》し涙《なみだ》を浮《う》かべていつも同じ話をするおかあちゃんに、おばあちゃんはおかあちゃんよりもっと悲しい顔をして言う。

聞き耳を立てながら薄目《うすめ》を開けてその様子を見ているかっちゃんは、切なくて涙が出そうになった。おかあちゃんがかわいそうなのではない。おばあちゃんがうちにいることでいじめるという西川のおじいちゃんとおばあちゃんが許《ゆる》せないのだ。おとうちゃんとおかあちゃんが夫《ふ》婦《ふ》げんかをするたびに、繰《く》り返しそんな話を聞かされ、かっちゃんにとっておとうちゃんの実家の人たちは、世界で一番の悪人になっていった。

そんなわけで、おとうちゃんの実家に行くのは、とても気が重かったのだが、おとうちゃんの言うことは絶対《ぜったい》だから、仕方なくついていくことになったのだった。

かっちゃんの住んでいる町から函館までは、バスで二時間ほどかかり、おとうちゃんの実家がある大野町に行くには、そこからさらにバスを乗り継《つ》いでいかなければならない。

かっちゃんは乗り物に酔《よ》うたちで、着いたときはぐったりしたけれど、はじめて見る函館の街は、びっくりするほど歩いている人の数が多く、路面電車が走り、にぎやかな商店街や大きなデパートもあって、まるでおとぎの国のように見えた。

函館駅から別のバスに乗り継いでしばらくすると、お兄が、

「ほら、あれが函館山だ」

と、言った。

かっちゃんは、家の壁《かべ》に飾《かざ》ってある額《がく》に入った大きな函館の夜景の写真をすぐに思い出した。それはまさに、百万ドルの夜景といわれるほどきれいで、大きな銀杏形《いちょうがた》をした函館の街がネオンや家々の明かりで浮かび上がり、まるで巨大《きょだい》な宝石箱《ほうせきばこ》のように見えた。

「この夜景のなんぼかは、おとうちゃんが作ったんだど」

酔《よ》っ払《ぱら》ったとき、ときどき、おとうちゃんは、そう言っていた。

おとうちゃんは、外に行って飲まないときは、事務所《じむしょ》から戻《もど》るとすぐに家で酒を飲んだ。おとうちゃんはかっちゃんたち家族といっしょに食卓《しょくたく》を囲むことはない。ひとり茶の間の

テレビの前のソファに陣取《じんど》り、おかずもこどもたちとはまったく別のおいしそうなものがお膳《ぜん》に用意されていて、ごはんは食べず、おかずを肴《さかな》にテレビを見ながら酒を飲む。

そして好きな相撲《すもう》やプロレスを見終わり、酔《よ》いが回って機嫌《きげん》がいいときは、お兄とかっちゃんをソファに呼《よ》んで、どうして電力会社に勤《つと》めることになったのかを話した。

貧《まず》しい農家の六人兄弟の長男として生まれたおとうちゃんは、高等学校へ進学させるのは無理だと両親に言われたのだが、学校の先生が頭がいいのでもったいない、なんとか進学させてやる方法はないかと両親に訴《うった》えてくれたのだそうだ。

そして、親戚《しんせき》たちが持ち寄《よ》ったお金で高校に行くことができたのだが、途中《とちゅう》で戦争が始まり、おとうちゃんは志願《しがん》して兵隊となった。配属《はいぞく》先は外国ではなく、ソ連から北海道を守るためという理由で、函館山に戦争が終わるまで立てこもっていたという。

その函館山から毎晩《まいばん》真っ暗な函館の街を見下ろしていたおとうちゃんは、戦争が終わったら函館の街に灯《あか》りがつくようにしたいと思い、電力会社に勤めることにしたのだということだ。

おとうちゃんの夢《ゆめ》は、見事に実現《じつげん》したということになる。

かっちゃんは、そんなおとうちゃんの話を聞きながら、

（お兄は顔はおかあちゃんに似《に》で、頭がいいのはおとうちゃんに似だんだべなぁ）

といつも思っていた。

おとうちゃんは、かっちゃんが小学校に入ると、お兄と共に停電時の仕事の手伝いをさせるようになった。

昼間の停電は部下の宮脇《みやわき》さんとふたりで充分対応《じゅうぶんたいおう》できるので、お兄とかっちゃんが駆《か》り出されるのは、冬の吹雪《ふぶき》の夜に大掛《おおが》かりな停電が起きたときだ。

そんなときは、事務所《じむしょ》にひっきりなしに苦情《くじょう》の電話がかかってくる。

しかし、夜はだいたいおとうちゃんはどこかで酔《よ》っ払《ぱら》っているから、電話の応対《おうたい》はおかあちゃんがやるハメになる。

そして、おかあちゃんは、おとうちゃんのいそうなところに電話をかけまくって探《さが》すのが常《つね》だった。

だが、やっと家に戻《もど》ってきたおとうちゃんは、ぐでんぐでんに酔っ払っている。

そんなおとうちゃんにおかあちゃんは思いつくありったけの文句《もんく》を浴びせながら、ペンチやドライバー、カッターなどが納《おさ》まっている太い革《かわ》でできたベルトと電球のついたヘルメットを渡《わた》す。すると、ついさっきまでまっすぐ歩けないほど酔《よ》っ払《ぱら》っていたおとうちゃんが、まるで嘘《うそ》のようにしゃきっとするから不思議だ。

そして部下の宮脇さんも事務所《じむしょ》に来ると、

「お兄、つかさ、ついでこい」

と言って、電力会社のオレンジ色に塗《ぬ》られたジープにふたりを乗せて現場《げんば》に行くのだ。

ゴーゴーと不気味な音をたてる吹雪《ふぶき》の中、現場にようやく着くと、お兄は宮脇さんと、かっちゃんはおとうちゃんと二手に分かれ、腰《こし》まで高くなっている雪の中を懐中電灯《かいちゅうでんとう》を手に電線の切れた電柱を探《さが》す。

電線が切れている場所を見つけると、おとうちゃんはかっちゃんに自分の懐中電灯も渡し、

「この電柱さ登るがら、おとうちゃんの足元ば照らせ！」

と、命令する。

綿《わた》の入った厚手《あつで》のアノラックを着ているかっちゃんは、軍手をした両手に持ったふたつの懐中電灯で、電柱に登るおとうちゃんの足元を照らすのだが、寒さで体全体がぶるぶると震《ふる》えて、うまくできない。

「バガッ！　しっかり照らせッ！　足だ。足元ば照らせッ！」

吹雪の中、おとうちゃんが怒鳴《どな》る。

鉄の爪《つめ》がついている頑丈《がんじょう》な革《かわ》のブーツを履《は》いたおとうちゃんが、木でできた電柱にその爪をガツ、ガツと音をたてて食い込《こ》ませながら登っていくのだが、その歩幅《ほはば》に合わせて明かりを当てなければならないのだ。

「わがった!」

かっちゃんは、もう必死で、おとうちゃんが運ぶ足元を照らす。

「んだ。その調子だ!」

おとうちゃんの力強い声が飛ぶ。

そして、おとうちゃんは電柱に命綱《いのちづな》を巻《ま》きつけながら、一歩一歩登っていく。

吹雪の強風にあおられながらも、電柱の高いところに登っていくおとうちゃんの姿《すがた》を見つめながら、かっちゃんは、いつも、

(おとうちゃん、かっこいいなあ。まるでガンマンみてだじゃ)

と思った。

「いいが。今度は電灯ば動がさねで、手元ば照らせじゃ!」

切れた電線のところまで登ったおとうちゃんが、また叫《さけ》ぶ。

「わがったぁ！」

かっちゃんは、さらに緊張《きんちょう》して、必死で照らす。

強風に吹《ふ》かれた雪が目に入って痛《いた》いけれど、目を閉《と》じてはいけない。

こうやっておとうちゃんみたいに停電を直そうとして、作業を間違《まちが》えて感電して死んだ知り合いの人がいると聞いているからだ。

（おとうちゃんは、偉《えら》くてかっこいいな。停電して困《こま》ってる人ば助けでるんだからな。大きぐなったら、きっとお兄もおとうちゃんみてにこんなかっこいい仕事するんだべな。したけど、かっちゃんは、高いどころはおっがねぇし、はんかくさいがら大ぎぐなっても、こうやってお兄の足元ば照らしてるんだべな）

ガタガタ震《ふる》えながら、そんなことを思っていると、突然《とつぜん》、真っ暗だったその周辺が、パッ、パッ、パッと明るくなる。

「おとうちゃん、電気、ついだよ！」

電柱の上にいるおとうちゃんに、思い切り叫《さけ》ぶ。

「おう！　今がら降《お》りるがら、また足元ば照らせッ！」

おとうちゃんの頼《たの》もしい声が飛んでくる。

「わがったあ！」

もう、かっちゃんは寒さなど感じていない。

離《はな》れている電柱の下にいるお兄のほうを見ると、そのへんの家々の電気もついて、宮脇さんも電柱から降りようとしているのが見える。

大仕事を終えて家に帰ると、

「ごくろうさんだったねぇ。寒がったべさぁ」

心配しながら家で待っていたおかあちゃんは、事務所《じむしょ》の玄関《げんかん》に入ってきたお兄を真っ先に抱《だ》きしめる。

かっちゃんは、おばあちゃんに抱かれて、

「かっちゃん、おっがなぐねがったがい？　ささ、はえぐストーブさあだれ」

と、手や顔をさすってもらう。

お兄は、「さみぃ……」とだけ不機嫌《ふきげん》そうに言うと、おかあちゃんからすり抜《ぬ》けるようにして茶の間のストーブに行き、しばらくあたっていると、「寝《ね》る」と言って、寝巻《ねま》きに着替《きが》えて布団《ふとん》に入る。

かっちゃんは、なにか一言でもいいからおとうちゃんに褒《ほ》めてもらいたくて、酒を飲みはじめたおとうちゃんの近くで、うずうずしながらストーブにあたっている。

「おとうちゃん、かっちゃん、がんばったべ?」

いつまでたっても言ってくれないので、がまんできずに聞いてみる。

「おめ、もう寒ぐねが?」

「うん。もう寒ぐねよ」

ストーブにあたりすぎて、かっちゃんの顔は真っ赤になっている。

「したら、タラ叩《たた》いでこい」

おかあちゃんとおばあちゃんはもう布団《ふとん》に入っていて、茶の間にいるのはおとうちゃんとかっちゃんだけだ。

「わがった」

かっちゃんは、もっと褒められたくて外に出ていく。

寒タラはタラコを取ったタラを塩漬《しおづ》けしたものだ。冬になると村の漁師《りょうし》の人たちがそれをたくさん持ってきてくれて、いくつも家の軒先《のきさき》に藁紐《わらひも》で吊《つ》るされてあった。

かっちゃんはその中から大きめのをひとつ手に取ると、玄関《げんかん》の外の石の上でカチンカチンになっている寒タラを食べやすくするために金づちで叩く。

寒タラは、とてもおいしいのだが、叩くと臭《くさ》い足に似《に》たにおいがするので、外でやるようにおかあちゃんにきつく言われていた。

外はまだしんしんと雪が降《ふ》っていて、せっかく温まった体もすぐに冷え、手もかじかんでしまうのだが、かっちゃんは黙々《もくもく》と叩く。

寒タラをほぐし終えて、おとうちゃんのもとに持っていくと、

「おめも食え」

と、醤油《しょうゆ》をちょっとたらしたタラをかっちゃんにくれる。

こういうときは、機嫌《きげん》よく酔《よ》っ払《ぱら》ったときで、そのあと決まって、またいつものおとうちゃんのこどものころの話を、ろれつをあやしくさせながら聞かせる。

「おとうちゃんの家は、貧乏《びんぼう》でなあ、弁当《べんとう》だっておめ、麦飯と白米が半分半分のご飯ば自分で弁当箱さ詰《つ》めで、おかずは梅干《うめぼ》しだけだ。おめ、梅干しだけだぞ。ほんとの日の丸弁当だぁ。おとうちゃん、恥《は》ずがしぐてなぁ……」

おとうちゃんは、「新生《しんせい》」という両切りのタバコを吸《す》いながら、とろんとした目で遠くを見るようにして言う。

この話も、もう何回聞かされたかわからない。

けれど、かっちゃんは、一度も聞き飽《あ》きたとは思わなかった。無口なおとうちゃんは、こんなときぐらいしか、かっちゃんに話しかけてくれなかったからだ。

「学校、近ぐにねがったがらな、一時間も歩がねばなんねがったんだ。今晩《こんばん》みでに雪が降《ふ》ろうと槍《やり》が降ろうど毎日通ったんだ。そやって苦労して苦労して行ったがら、学校で教えられだごとは、今でもよーぐ覚えでるど——に、いち、てんさくのご。に、いち、てんさくのご、だ。わがるが？　……」

この言葉が出るようになると、おとうちゃんのろれつはいよいよあやしくなってくる。

すると、

「まーだ、飲んでるッ。もうやめなさいっての！」

と、布団《ふとん》の中で聞いていた寝巻《ねま》き姿《すがた》のおかあちゃんが、険《けわ》しい顔つきでやってくる。

「に、いち、てんさくの、ご、だ。わがるが？　に、いち、てんさくのご……」

おとうちゃんは、もう誰《だれ》に向かって言っているのかわからないようになっているのだが、それでもぶつぶつ同じ言葉をつぶやきつづけている。

「もう、それが出だら、あんた、わげわがなぐなってる証拠《しょうこ》だべさ。もう、飲むのやめで寝れってのさぁ……」

おかあちゃんは、うんざりした顔をしてそう言うと、かっちゃんを睨《にら》みつけて、

「つかさ、おめもなにやってるんだ。さっさと寝れじゃ！」

とばっちりを受けたかっちゃんは、逃《に》げるように布団のある部屋に行き、寝巻きに着替《きが》えて、おばあちゃんの布団の中に入る。

小学校に入るまで、かっちゃんはおばあちゃんといっしょの布団で眠《ねむ》っていたのだが、今はすぐ下の弟がおばあちゃんと寝ている。

しかし、こうした大仕事をして帰ってきた夜やなにか嫌《いや》なことを思い出した夜は、おばあちゃんの布団に潜《もぐ》り込《こ》みたくなるのだ。

「あれ。かっちゃん、なしたの？」

目を覚ましたおばあちゃんは、いやがることもなくかっちゃんを迎《むか》え入れてくれる。

「おばあちゃん、かっちゃんね、前よりが懐中電灯《かいちゅうでんとう》ば照らすのうまぐなったんだよ」

おとうちゃんに満足に褒《ほ》められなかったので、その分おばあちゃんに褒めてもらおうとするのだ。

「そうがい。そりゃいがったねぇ」

おばあちゃんは、腕枕《うでまくら》をして、その手で頭を撫《な》でてくれる。

「なあ、おばあちゃん、に、いち、てんさくのごって、なんだ?」

「ああ……おとうちゃん、まだ言ってらがい?」

「うん。酔《よ》っ払《ぱら》ったどき、必ず言うっけさ? あれ、なんだ?」

「んだなぁ。わしもわがらねぇんだわ。おかあちゃんも聞ぐんだけど、おとうちゃん、教えでけねんだどさ。尋常《じんじょう》小学校で習ったっていうがら、おそらぐそろばんがなんがの覚え方でねがと思うんだども、おばあちゃん、学校さ行ってねがらわがらねえんだ」

「ふーん……。おばあちゃん、おっぱい飲んでいいが?」

これも、こういう夜にねだることだった。

「かっちゃん、おっぱい飲むの赤ちゃんがやるごとだべさ。それにおばあちゃんのおっぱい飲んでも、なんも出でこねよ」

おばあちゃんは、言葉とは裏腹《うらはら》にうれしそうに言う。

「したって、飲みてぇんだもの……」

さすがに、かっちゃんも恥《は》ずかしいと思っている。

しかし、おばあちゃんは、

「しがたねなぁ……」

と言って寝巻《ねま》きの胸《むね》をはだけてくれて、かっちゃんは、柔《やわ》らかくてしなびたおばあちゃんのおっぱいを揉《も》みながら乳首《ちくび》を吸《す》う。

おばあちゃんといっしょに寝ていたときは、毎晩《まいばん》のようにこうしていたのだ。

しばらくそうしていると、いよいよ眠《ねむ》くなってきたおばあちゃんは、いつもの言葉を言いはじめる。

「さ、はえぐ寝ねば、天井《てんじょう》から〝もっこ〟くるよ。ほら、見でみれ」

かっちゃんは、びくっとしておっぱいから手を放し、乳首からも口を放すと、天井を見る。

「どこばさ？……」

かっちゃんは、不安そうな声を出す。

「あの節穴《ふしあな》だ――ほーら、天井がら、もっこきたもっこきたもっこきたよ……」

それがどういう意味なのか、かっちゃんにはわからない。

おそらく〝もっこきた〟というのは「蒙古《もうこ》来た」ということではないかと思うが、さだかではない。

しかし、かっちゃんには、〝もっこ〟というものが、とてつもなく恐《おそ》ろしいもので、眠らないと本当に節穴《ふしあな》から出てくるような気がして、必死に目をつぶる。

「もっこきた、もっこきた、もっこきたよ……」

やがて、おばあちゃんの声が、だんだん遠くに聞こえるようになって、かっちゃんは催眠《さいみん》術《じゅつ》にかかったように深い眠《ねむ》りに落ちていくのだった。


バスがおとうちゃんの実家がある大野町に着いた。

オロナミンCと金鳥蚊《かと》取り線香《せんこう》の宣伝看板《せんでんかんばん》が張《は》られたバス停の待合所のトタン小屋に、半袖《はんそで》の肌《はだ》シャツをきたおじいさんが、タバコをふかしながら、ひとりでぼーっとしていた。

ひと目で、おとうちゃんのおじいちゃんだとわかった。顔が驚《おどろ》くほど、そっくりだったからだ。

「おじいちゃん、来たよ」

バスを降《お》りたお兄が、駆《か》け寄《よ》っていく。

「おう。よぐ来だな。疲《つか》れだべ」

バス停の小屋の木のベンチから腰《こし》をあげて、外に出てきたおじいちゃんを間近で見たかっちゃんは、さらに驚いた。

バス停のトタン小屋の高さよりも、おじいちゃんのほうが大きいのだ。

おじいちゃんは、若《わか》いころ、大野町を流れる川の名前から取った「大野川」という四股名《しこな》で東京の相撲《すもう》部屋にいたことがあると、おとうちゃんが言っていたのを思い出した。

それにしても、一メートル八十センチはあるだろうか。かっちゃんは、こんなに大きなおじいさんを見るのははじめてだった。しかも、顔は、おっかないおとうちゃんにそっくりだ。

かっちゃんは、おばあちゃんとおかあちゃんをいじめている世界一の悪者だと思っていたのでなにかあったらやっつけてやろうと思っていたのだが、これではとても太刀打《たちう》ちできそうもない。

「これ、弟のつかさ」

お兄がかっちゃんを指さして紹介《しょうかい》したけれど、

「ああ」

おじいちゃんは、興味《きょうみ》なさそうに、ちらりと見て言っただけで、

「ばばあが待ってる。行ぐが」

と言って、ひょいとお兄を抱《だ》き上げると、あっという間に肩車《かたぐるま》して歩き出した。

「うへー、すっげぇ！」

お兄は、きゃっきゃっとうれしそうな声をあげている。

（したがらぁ、来るの、イヤだったんだ……）

かっちゃんは、暗い気持ちでとぼとぼと後ろをついていった。

お兄が生まれて間もなく、顔を見にきたおじいちゃんは、おかあちゃんからお兄を取り上げるとそのまま床屋《とこや》さんに連れていき、生えていたお兄の頭の毛をカミソリで剃《そ》り上げさせてしまったのだそうだ。

昔の侍《さむらい》の子は、みんなそうしたとか言ったそうだが、おかあちゃんもおばあちゃんも時代錯《さく》誤《ご》も甚《はなは》だしいおじいちゃんの行動に、驚《おどろ》いて開いた口が塞《ふさ》がらなかったと言っていた。

お兄の名前もおじいちゃんが付けたのだそうで、豊臣秀吉《とよとみひでよし》にあやかって「秀吉のような立派《りっぱ》な子になって、親孝行《おやこうこう》するように」と〝秀孝《ひでたか》〟と名付けた。

なんて古《ふる》くさい名前だろうと、おかあちゃんもおばあちゃんもあきれたそうだが、おとうちゃんはとても満足していたという。

「あれー、ひでたか、よーぐ来たねぇ」

バス停からほど近い、古くて今にも倒《たお》れてしまいそうな平屋の玄関《げんかん》に入ると、お兄と変わらないほど小さなおばあさんが、うれしそうに顔をくしゃくしゃにして出迎《でむか》えた。

しかし、かっちゃんには目もくれない。

「さ、入れ。入れ」

かんかん照りの夏の昼間だというのに夜のように薄暗《うすぐら》い家の茶の間に入ると、おばあちゃんはスイカやナシ、リンゴや、せんべいなどのお菓子《かし》やサイダーをテーブルに置いて、

「おとうちゃんは、元気でやってるがい？」

と、聞いた。

「うん。おばあちゃん、これ、弟」

お兄が言うと、おばあちゃんは、

「んだが。おめ、名前、なんていったっけ？」

と、不思議そうな顔をしてかっちゃんを見た。

「かっちゃん……」

かっちゃんが小さな声で言うと、耳が遠いのか、おばあちゃんは耳に手をあてがって、

「あ？　――おめの名前ば聞いでんだ」

と、睨《にら》みつけるようにして言うので、かっちゃんは、カチンときた。

「かっちゃん！」

大声で言うと、お兄がかっちゃんの太ももをおかあちゃんみたいにつねって、

「つかさ。つかさっていうんだ」

かっちゃんに代わって答えた。

「ああ、んだったが。ささ、ひでたか、食え食え」

おばあちゃんは、かっちゃんにはまるで興味《きょうみ》がないようで、お兄にばかりテーブルに置いたものを勧《すす》める。

「うん。おい、おめも食え。おばあちゃん、これ食べだら、セミ捕《と》りに行ってもいいが?」

お兄が言うと、

「あー、行ってこい。行ってこい。裏《うら》の梨《なし》畑さ行げば、いっぺぇいるがら、好きなだけ捕ってこい。去年、来たどきの虫捕り網《あみ》とカゴもまだあるはずだがら、玄関《げんかん》さ用意しどくな?」

おばあちゃんは、そう言って、曲がった腰《こし》をあげてどこかに行った。

おじいちゃんは、田んぼのほうに行っている。

お兄とかっちゃんのふたりだけになると、線香臭《せんこうくさ》くて薄暗《うすぐら》い茶の間は気味が悪いくらいしーんと静まり返った。

「おめ、なして食わねんだ?」

スイカを食べながら、お兄が聞いた。

「食いたぐねじゃ。こったらもの……」

かっちゃんは、完全にへそを曲げていた。

「まーだ、はじまった。いい加減《かげん》にしろよ、おめ」

お兄も、どうしてかっちゃんがへそを曲げているのか察しがついている。

「だがら、来たくねがったんだ……」

「すったらごと言ったって、もう来てしまったもの、しょうがねべや」

「しょうがなぐね。帰ればいいべさ」

「バガ。すったらごとできるわげねべや」

「なしてさ」

「なしてもこしてもねっ。おめ、おれの言うごと聞げねのが！」

お兄が、癇癪《かんしゃく》を起こした。

「したって……」

「あー、んだが。おめ、すったら帰りてぇんだったら、金やるがら、おめひとりでバスに乗って帰れ。したけど、おめ、帰れるが？」

ひとりで帰ることなどできるはずもないから、かっちゃんは黙《だま》るしかない。

「ほれみれ。二日だ。今日と明日、二回寝《ね》れば帰るがら、がまんしれ」

(二回も寝ねばなんねのが……)

かっちゃんは、どんよりと暗ーい気持ちになった。

「さ、ひでたか、網《あみ》と虫カゴ出しどいたがら、裏《うら》さ行ってセミ捕《と》ってこい」

おばあちゃんが茶の間に戻《もど》ってきた。

「うん。おい、行くべ」

お兄のあとをついていくと、玄関《げんかん》にはやっぱり虫捕り網と虫カゴはそれぞれ一個《こ》ずつしかなかった。

「交代交代で貸《か》してやるがら、行くど」

お兄は、虫捕り網を持つと、かっちゃんに虫カゴを持たせ、まるで自分の家の庭のように外に飛び出していく。

庭から出て右にいくと、大きな納屋《なや》がトンネルのようになっており、その向こうに広がる梨《なし》畑が見えた。

お兄のあとをついて納屋に入ると、農機具が雑然《ざつぜん》と置かれ、藁《わら》がたくさん積まれていた。

「前はな、ここに馬ば飼《か》ってたんだど。おれは見たごとねぇけどな」

お兄の説明を聞きながら納屋を通り抜《ぬ》けると、突然《とつぜん》、視界《しかい》が開け、梨の木がたくさん植えられていて、ジージーとセミがけたたましく鳴いていた。

「おい、カゴ！」

お兄は、木に止まっているセミをもう捕《つか》まえ、せっかく見つけたクワガタを捕まえようかどうしようか迷《まよ》っているかっちゃんを呼《よ》ぶ。

お兄はときどき網を貸してくれたけれど、かっちゃんはセミをうまく捕まえられず、逃《に》げられてばかりいたので、結局、お兄のあとをカゴを持ってついていくだけだった。

夕方になると、かっちゃんとお兄は縁側《えんがわ》で花火をして遊んだ。

しかし、派手《はで》な火花を散らす花火は、かっちゃんは怖《こわ》くて持てなかったし、マッチをつけることもできなかったので、やったのはお兄に火をつけてもらった線香《せんこう》花火だけだ。

かっちゃんは、すぐ横できれいな火花を散らす花火をしているお兄をうらやましく思いながら見ていた。

おばあちゃんが晩《ばん》ごはんだと呼《よ》びにきたので、茶の間に行くと、テーブルには太巻《ふとま》きや稲荷《いなり》寿司《ずし》、煮《に》しめやスイカ、サイダーなどがところ狭《せま》しと並《なら》べられていた。

精一杯《せいいっぱい》の御馳走《ごちそう》のつもりなのだろうけれど、どれもかっちゃんの嫌《きら》いなものばかりだった。

「さ、腹《はら》いっぺぇ食え」

おばあちゃんは、ニコニコ笑って勧《すす》める。

「ふでたか、こっちゃさ来い」

入れ歯のおじいちゃんは、「ひでたか」と呼べず、「ふでたか」と呼ぶ。

おとうちゃんと同じで無口で酒好きなおじいちゃんに呼ばれたお兄は、「うん」と言って、おじいちゃんのあぐらをかいた中にすっぽりと納《おさ》まった。

「さ、食え」

おじいちゃんは、お兄に太巻《ふとま》きや稲荷《いなり》寿司、煮しめなどを皿に取ってやりながら、コップに酒を注いで満足そうな顔をしている。

お兄のその姿《すがた》は、どこかの国の王子さまのように、かっちゃんには見えた。

かっちゃんは、おじいちゃんにもおばあちゃんにも声をかけられることなく、ブスッとした顔でそれらを食べていた。

そうしているうちに、玄関《げんかん》が開く音がして、どやどやとおじさんたち三人が入ってきた。

どの人もおとうちゃんの顔に似《に》ていたので、すぐにおとうちゃんの弟たちだとわかったけれど、誰《だれ》が何番目の弟なのか、かっちゃんには見分けがつかなかった。

「よぉ、よぐ来たな、秀孝」

三人のうちのひとりの叔父《おじ》さんが言った。

おとうちゃんには、弟三人のほかに妹がふたりいる。妹たちは遠くの町に嫁《よめ》にいっているが、この三人の叔父たちは実家の近くに住んでいるらしい。

次男の叔父は、大通りで電気店と水道工事の会社を営《いとな》み、三番目と四番目の叔父たちもそこでいっしょに働いていると聞いていた。

おかあちゃんの話によると、電力会社に勤《つと》めるおとうちゃんが、叔父たちに指定業者にしてやるから電気店をやるように勧め、お金の工面やいろんな便宜《べんぎ》を図るなどずいぶんしてあげたのだが、今ではまるで自分たちがすべてやったような顔をして威張《いば》っていると、よく怒《おこ》っていた。

「兄貴《あにき》は、元気でやってるが?」

別の叔父が、お兄の顔を見て言った。

もちろん、おとうちゃんのことを聞いているのだ。

「うん。みんな、元気だよ」

お兄は、おかあちゃんもおばあちゃんやかっちゃんの弟たちも元気だと報告《ほうこく》したつもりなのだが、

「んだが。だば、いい」

と、その叔父《おじ》は言ったきりだった。

ほかの叔父たちも、そしておじいちゃんもおばあちゃんも、おかあちゃんやおばあちゃんたちのことはいっさい口にしなかった。

おかあちゃんの言ってたとおり、西川の実家の人たちは、今もかっちゃんのおかあちゃんやおばあちゃんのことを快《こころよ》く思っていないのだ。

「そこの坊《ぼ》んず、何番目だ？」

別の叔父が、突然《とつぜん》、かっちゃんを指さして、お兄に聞いた。

「二番目。つかさっていうんだ」

お兄が答えると、

「ふーん」

とだけ、興味《きょうみ》なさそうな声を出した。

「したけど、おめだち似《に》でねぇなぁ」

また別の叔父が言った。

「うん。みんながら言われる」

お兄が言うと、

「こいづは、誰《だれ》に似だんだ？」

もうひとりの叔父が言うと、みんなしてかっちゃんの顔を見た。

さっき、お兄が、「つかさ」だと言ったにもかかわらず、誰も一度もそう呼《よ》ばないどころか、不思議そうな顔をしている。

そんなことを言われても、かっちゃんはなんて答えればいいのかわからないから黙《だま》っているしかない。

「おれとふたりで歩いでれば、夫婦《ふうふ》で歩いでるみてだって言われる」

お兄は、すこし恥《は》ずかしそうな顔をして言った。

するとすかさず、おばあちゃんが、

「そったらごとねべ。秀孝は西川のほうで、それはあっちのほうだべさ」

と、明らかに悪意に満ちた口調で言った。

（このくそばばあ）

〝それ〟というのは、かっちゃんのことだろうし、〝あっち〟というのは、おかあちゃんのほうのことに違《ちが》いない。かっちゃんは腹《はら》が立ってきた。

だいたいお兄は、誰《だれ》の目から見てもおかあちゃんに似《に》ているし、かっちゃんがおかあちゃんのほうに似ているなんて言われたことなど一度もないのだ。

（はんかくせぇ、ばばあだ。したがら、来たくねがったんだ……）

へらへら笑っているお兄を睨《にら》みつけるように見ながら、かっちゃんのはらわたは煮《に》え繰《く》り返っていた。

やがて、おじいちゃんが酔《よ》いつぶれて寝転《ねころ》がると、叔父《おじ》たちは仕事のことなんかをしゃべっていたが、

「したら、そろそろ帰るべ」

と、言って立ち上がり、おばあちゃんも玄関《げんかん》までついていった。

しばらくすると、

「おーい、秀孝」

と、叔父のひとりが叫《さけ》ぶ声がした。

お兄が玄関のほうに行って少しすると、にこにこしながら半ズボンのポケットに手をやって戻《もど》ってきた。

かっちゃんには、だいたい察しがついていた。また、叔父たちにお小遣《こづか》いをもらったのだ。

しかし、かっちゃんは知らん顔していた。

「ひでたか、おめのかあちゃん、とうちゃんよりいいもの着だり、うめもの食ったりしてねがい？」

テーブルの上の食べ物を片付《かたづ》けながら、おばあちゃんが悪意のこもった声で聞いた。

「してねよ。そったらごと」

かっちゃんがすばやく答えると、おばあちゃんは、ギッとかっちゃんを睨みつけ、

「おめになんが聞いてねっ。黙《だま》ってろじゃ、このみったぐなしっ！」

と、鋭《するど》い声で叫ぶように言った。

かっちゃんは、びくっとして、そのまま下を向いた。

悔《くや》しかったけれど、それ以上なにか言うと、叩《たた》かれそうな気がして怖《こわ》かったのだ。

「どなんだ、ひでたか。ほんとのことば言ってみれ」

おばあちゃんは、人が変わったようにやさしい声を出している。

「わがんね」

お兄は、顔を曇《くも》らせている。

「んだがぁ。あったら親でもすったらにいいが。あーあ、おめのごとば、いぐらめんこがってもなんにもなんねなぁ」

おばあちゃんは、大げさなため息をついて言った。

（くそばばあッ……）

かっちゃんは、心の中で思い切り毒づいた。


かっちゃんが事件《じけん》を起こしたのは、その夜のことだ。

「お兄、あした、帰るべ」

その夜、布団《ふとん》の中に入ったかっちゃんは、隣《となり》の布団で寝《ね》ているお兄に言った。

「うるせぇなぁ。もう寝ろじゃ」

「したって、寝れねもの」

「やがましいって言ってるべや」

なんだかお兄は、機嫌《きげん》が悪い。

「かっちゃん、家さ、帰りてぇ」

が、お兄は、もう答えてくれなかった。

「なあ、お兄……」

布団に手を伸《の》ばして、揺《ゆ》らしてみたけれど、お兄はなにも返事をしてくれない。

かっちゃんは、あきらめて目をつぶってみたけれど、まるで寝つけなかった。

(天井《てんじょう》から、もっこきたもっこきたもっこきたよ……)

目を開けて天井の節穴《ふしあな》を見ながら、おばあちゃんが眠《ねむ》りにつかせてくれるときの呪文《じゅもん》の言葉を心の中で何回もつぶやいてみたけれど、そうすればそうするほど目が覚めてくる。

それどころか、西川のおじいちゃんやおばあちゃん、あの叔父《おじ》たちのかっちゃんに対する態《たい》度《ど》や言葉が思い返されてきて、どんどん腹《はら》が立ってきた。

(帰りてぇ。おばあちゃんに会いでなぁ……)

あしたもこの家にいなければならないかと思うと、かっちゃんはおばあちゃんが恋《こい》しくてたまらなくなってきた。

それにあしたもこんな家にいたらなにもおもしろいことがないどころか、また今日よりもっと腹立たしいことがたくさん待っているに違《ちが》いない。

かっちゃんは、どうしたらいいのかわからなくなってきた。

(あーっ、もう、あだまさきたッ!)

かっちゃんは、布団《ふとん》から起き出すと、パンツをおろして寝巻《ねま》きの裾《すそ》を両手に持ち、しゃがみこんで踏《ふ》ん張《ば》りだした。

しばらくすると、部屋じゅうにへんな臭《にお》いが立ち込《こ》めてきた。

「おめ、なにやってんだ⁉」

お兄の驚《おどろ》いた声がして、すぐに部屋が明るくなった。

お兄が起き上がって、部屋の電気の傘《かさ》のヒモを引っ張ったのだ。

が、もう遅《おそ》かった。

かっちゃんは、自分の布団の真ん中に、うんこをしていた。

どうすることもできなくなったかっちゃんは、堪忍袋《かんにんぶくろ》の緒《お》どころか堪忍袋そのものが破裂《はれつ》してしまい、まさにヤケクソするしかなくなったのだ。

お兄は、そのあまりの臭《くさ》さに目が覚めたのだ。

「やめれ。やめれって言ってるべ!」

声を低くして、お兄が叫《さけ》ぶ。

「やめねじゃ。ウチさ帰るまでしてやるがらなっ」

かっちゃんは、なおも顔を真っ赤にさせて踏ん張って、もっとうんこを出そうとしている。

「わがった。わがったがら、もうやめれ。あした家さ帰るがら。帰ればいいんだべ?」

お兄は、あきれ果て、懇願《こんがん》するように言う。

「ほんとが? ほんとに帰るが?」

いつものかっちゃんではなかった。

まるで脅《おど》すかのような口ぶりで、お兄を睨《にら》みつけている。

スーパーマンのような存在《そんざい》のお兄に、こんなに反抗《はんこう》をしたのははじめてだ。

「ほんとだって言ってるべや。小遣《こづか》いも半分ちゃんとやるがら」

お兄は、ほとほと困《こま》った顔をしている。

(やっぱりあいつらがら小遣いばもらってたのが……なして、みんなしてお兄ばりめんこがるんだ。なして、かっちゃんばりこったら目にあわねばなんねぇんだ。かっちゃんが、なに悪いごとしたってがっ……)

かっちゃんは、悔《くや》しくて情《なさ》けなくて、目から涙《なみだ》があふれ出そうになった。

「なんも泣がなくてもいいべや。おれは、はじめがら、おめに半分やるつもりだったんだがら、泣くなじゃ。それよりが、おめ、便所さ行ってケツふいでこいじゃ」

お兄は、怒《おこ》った声を出さなかった。

「これ。どしたらいいべ?」

我《われ》に返ったかっちゃんは、急におろおろしだした。

「おれにまがせろ。いいがら、はぇぐ便所さ行ってこいじゃ」

かっちゃんが便所に行って、部屋に戻《もど》ってくると、かっちゃんの布団《ふとん》はなく、敷布《しきふ》だけ部屋の隅《すみ》に丸めて置かれていた。

「あれ? かっちゃんの布団は?」

「押《お》し入れのいちばん奥《おく》さしまっておいだ。行ぐど」

お兄は、懐中電灯《かいちゅうでんとう》を手に持っていた。

「行ぐってどごさ?」

「納屋《なや》だ。おめ、その敷布ば持ってついでこい」

「わがった……」

「音、たでるなよ」

お兄とかっちゃんは、恐《おそ》る恐る部屋を抜《ぬ》け出し、玄関《げんかん》へと向かっていった。

音がしないように内錠《うちじょう》を開けて外に出ると、静まり返った真っ暗な闇《やみ》が広がっていた。

お兄が照らす懐中電灯の明かりを頼《たよ》りに、のっこりとしたうんこが入っている敷布を持ったかっちゃんはついていく。

少し行くと、暗闇にぼーっと浮《う》かぶ納屋が見えてきた。

「どぎどぎするな？」

かっちゃんは、こういうことが大好きだから、ついうれしそうな声になる。

「馬鹿《ばか》。喜んでる場合でねべ。はぇぐ、あそこにある藁《わら》の中さ入れでこい」

藁が積んであるあたりをお兄が照らす。

「わがった。お兄、ちゃんとそこで待ってでけれよ」

「わがってるじゃ。はえぐ隠《かく》してこい。めっかんねぇように、下のほうに隠すんだど」

「わがった」

かっちゃんは、うんこの入った丸めた敷布を持って、藁のところに近づき、藁を持ち上げてその下に敷布を隠した。

「お兄、もう怒ってねが？」

部屋に戻って、お兄の布団の中にいっしょに入ったかっちゃんが聞いた。

「ああ。なんももう怒《おこ》ってね」

そのわりには、まだ機嫌《きげん》の悪い声を出している。

「したけど、布団《ふとん》ひとつしかねがったら、おがしいど思わねべが?」

かっちゃんは、心配しているようなことを言っているが、その声はうれしそうだ。

「おめはいっつもおれどいっしょに寝《ね》てるがら、布団ば片付《かたづ》げだんだって言えば、おばあちゃんもおがしいどは思わねべや」

「あー、んだなぁ」

かっちゃんは、感心した声で言った。

(やっぱり、お兄は、頭いいな。かっちゃんとぜんぜん違《ちが》うもなあ)

かっちゃんは、安心したからだろうか。それとも仕返しをしたことに満足したからだろうか。気がつかないうちに、ぐっすりと眠《ねむ》りについた。

そして、帰ってしばらくしても、大野町のおとうちゃんの実家からはなにも言ってこず、かっちゃんが起こした「うんこ事件《じけん》」は発覚することなく、北海道の短い夏休みは終わった。

Ⅲ

「うんこ事件」とは比較《ひかく》にならないほど、かっちゃんに絶望的《ぜつぼうてき》な事件が起きたのは、三年生になる春の日のことだった。

いつものように遊んで家に帰ると、すぐ下の弟が黒光りする真新しいランドセルを背負《せお》っていた。

「へへ。かっちゃん、いいべ」

弟は得意顔で、うれしそうに言った。

「おめ、それどしたんだ？」

かっちゃんは、怒った顔で聞いた。

「おかあちゃんに買ってもらったんだよ。したって、今度から小学校さ行ぐんだもの」

かっちゃんは、すっかり忘《わす》れていた。

というより、弟が小学校に上がるということなど考えたこともなかったのだ。

「おめ、それ、脱《ぬ》げ」

かっちゃんが言うと、弟はポカンとした顔になった。

「なしてさ?」

「おれによごせ」

「やだじゃ」

逃《に》げようとする弟をかっちゃんは捕《つか》まえ、無理やり背中《せなか》に背負っているランドセルを取り上げた。

弟は、ぎゃあぎゃあ火がついたように泣きはじめた。

「なしたのさ?」

聞きつけたおかあちゃんが、事務所《じむしょ》のほうからやってきた。

「かっちゃんがランドセルば取った。取ったんだぁ」

弟は、かっちゃんを指さして泣きわめいている。

「やがましっ。おめにはかっちゃんのやるがら泣ぐな!」

かっちゃんが怒鳴《どな》ると、いきなりおかあちゃんの手のひらがかっちゃんの頬《ほお》を打った。

「なして、叩《たた》ぐのさ……」

かっちゃんは、びっくりした。弟がお下がりをもらうのは当然のことだと思っていたのだ。

「なしてもこしてもあるが！　おめに買ってやったもんでもあるまいし、それば取るって泥棒《どろぼう》みでなごとするなっ！」

「なしたのぉ……」

いちばん下の弟を外に連れて出ていたおばあちゃんがやってきて、驚《おどろ》いた顔をしている。

「したって……したって、かっちゃんはお兄のランドセルのお下がりだったべさ。なして、こいつが新しいのば買ってもらうのさ！」

かっちゃんは、新しいランドセルを手にしたまま、おばあちゃんの陰《かげ》に隠《かく》れて言った。

「わがった。ちゃんと説明するがら、ここさ座《すわ》れじゃ」

おかあちゃんは、そう言うと、かっちゃんとお兄の部屋に行って、かっちゃんのところどころ擦《す》り切れた黒いランドセルを持ってきた。

「いいが、よぐ見でみれ。これがおめのランドセル。おめが今持ってるのど比《くら》べでみろ」

かっちゃんは、おかあちゃんがなにを言いたいのか、さっぱりわからない。

「したら触《さわ》ってみろ。おめのはぜんぶほんとの革《かわ》でできでるんだ。したけどな、おめが持ってるのは合成皮革《ひかく》っていうの。ぜんぶ革《かわ》でねの。おめのより悪いやづだの。安いの。わがるが？」

「わがらねじゃ」

おかあちゃんは、かっちゃんを騙《だま》そうとしているのだ。

「なしてわがらねのさぁ」

おかあちゃんは、ほとほと困《こま》ったという顔をしている。

「おめ、そったらごと言ったたって、かっちゃんにわがるわげねべさ」

おばあちゃんが、助け船を出してくれた。

が、おかあちゃんは、

「おばあちゃんは、黙《だま》ってでけさい」

と、一喝《いっかつ》した。

「したっておめ、誰《だれ》だって新しいの欲《ほ》しぐなるべさぁ」

なおもおばあちゃんが説得するように言うと、

「そりゃ、つかさが入学するどきだって新しいの買ってやりたがったさ。したけど、あのどきはお金ながったんだもの、しょうがねべさ！」

おかあちゃんが声を荒《あら》らげて言った。

それを聞いたかっちゃんは、

「うそだ。したって、お兄にはあのどき新しいランドセル買ったべや。お金ねがったなんて、うそこぐな！」

もうがまんの限界《げんかい》とばかりに意気込《いきご》んで言うと、おかあちゃんの顔つきが一瞬《いっしゅん》にして変わった。

「なにっ⁉ つかさ、も一回、言ってみれ！ おめ、親に向がって、なんてごと言うんだ！ うそこぐなだとぉ⁉ このわらしっ！」

おかあちゃんは目にも留《と》まらぬ速さで、かっちゃんを捕《つか》まえると、ほっぺたを思い切りつねって、

「親にすったら口利《き》くおめみてなロクデナシは、うちの子でね！ 出でいげ！ 出でいがねら、出してやる！」

と、逆《ぎゃく》に怒《いか》りを爆発《ばくはつ》させて、ほっぺたをつねったまま、かっちゃんを引きずるようにして玄関《げんかん》へ向かった。

「おめ、やめれ。やめれっての！」

おろおろしながらおばあちゃんが、止めに入ろうとしたけれど、

「おばあちゃんは、黙《だま》ってでけさい。だいたいおばあちゃんが馬鹿《ばか》みでにつかさば甘《あま》やがすがら、こったらロクデナシになったんだ！」

おかあちゃんの物凄《ものすご》い剣幕《けんまく》には勝てず、かっちゃんは長靴《ながぐつ》といっしょに外に放《ほう》り出された。

「いいが。つかさ、おめが泣いであやまるまで家さ入れねように、じょっぴんかっとくがら、裏口《うらぐち》さ回ったたって、今度という今度はおばあちゃんも入れでけねど。わがったが！」

おかあちゃんは、吐《は》き捨《す》てるように言うと、ピシャッと玄関《げんかん》の戸を閉《し》めて、本当に内側から錠《じょう》をかけた。


しかし、まだ陽《ひ》も明るかったし、じょっぴんかられてもかっちゃんは、少しも怖《こわ》くなかったから泣きもしなかったけれど、ただただ悔《くや》しかった。

どう考えても、かっちゃんが正しいではないか。おかしいのは、おかあちゃんのほうに決まっている。あんなに怒《おこ》ったのは、痛《いた》いところを突《つ》かれたからだ。

ひとりになったかっちゃんは、しかし、隠《かく》れ家《が》に行こうとは思わなかった。あそこに行ってしまうと、泣いてしまうと思ったからだ。

だけど、泣くのはおかしい。

かっちゃんが悪いことしたり、間違《まちが》えて怒られたりして、叩《たた》かれて悲しくなって泣くのはいい。

しかし、そうではないのに泣くことは、負けたことになるのだ。

(かっちゃんは悪ぐねんだがら、泣がねど。絶対《ぜったい》、泣がねっ……)

一生懸命《いっしょうけんめい》にそう自分に言い聞かせるのだが、どうしようもない悔しさと憤《いきどお》りが込《こ》み上げてくる。

かっちゃんは、それをグッと奥歯《おくば》を嚙《か》み締《し》めてこらえ、涙《なみだ》が落ちてこないように顔を上げながらあてどもなく歩いた。

村の中のどこをどのくらいの時間歩いていたのだろう、気がつくとすでに夕方になっていた。

かっちゃんが、ある家の前にさしかかると、庭でキャンキャンとうるさく吠《ほ》えているスピッツの姿《すがた》が目に入った。

どうやら、かっちゃんに向かって吠えているようだった。

スピッツは、真っ白な毛をふさふささせていて、顔もとても愛らしいのだが、やたらと吠える犬だ。

かっちゃんは、自分に向かって敵意《てきい》を剝《む》き出しにして吠《ほ》えているそのスピッツとおかあちゃんの姿《すがた》が重なって見えてきて、またムラムラと腹《はら》が立ってきた。

「やがましっ、この馬鹿《ばか》！　かっちゃんがなにしたってが！」

かっちゃんは、革《かわ》のベルトで犬小屋につながれているそのスピッツに近づいていって、ありったけの声で怒鳴《どな》りつけた。

スピッツは、前足を上げて、さらに激《はげ》しくキャンキャンと吠える。

「そったらに吠えだってそごがら出られねべ。おかあちゃんとおんなじだ。ばーが。やるのが、この野郎《やろう》！」

かっちゃんは、道に落ちていた木を拾って、投げつけた。

スピッツは、唸《うな》り声をあげながら、さらに吠える。

「ざまーみろ。なんもできねべ。この馬鹿！」

かっちゃんも負けず劣《おと》らず大声をあげて、今度は石ころを拾って投げつけた。

と、あろうことか、スピッツがつながれているベルトが切れ、物凄《ものすご》い唸り声をあげて襲《おそ》ってきた。

（あっ！）

と思ったときには、すでにスピッツが、かっちゃんの半ズボンから出ている右足の太ももに牙《きば》を食い込《こ》ませていた。

かっちゃんは道に倒《たお》れ、必死に声をあげてもがいたけれど、スピッツは太ももに嚙《か》みついたまま、

「ううっ、うううっ……」

と唸りながら、食いちぎろうと頭を左右に激しく振《ふ》り続けている。

「いでぇっ！　助げでけれっ！　誰《だれ》が、助げでけれーっ！　……」

かっちゃんは、何回も声の限《かぎ》り叫《さけ》びつづけた。

しばらくすると、

「だ、大丈夫《だいじょうぶ》がっ！　放せっ、放せっての、この馬鹿犬！」

飼《か》い主《ぬし》だろうと思われるおじさんが、スピッツを叩《たた》き、なんとか放してくれた。

そして、スピッツの首についているベルトを引っ張《ぱ》って犬小屋につなぐと、すぐに戻《もど》ってきて、

「おめ、所長さんどこのわらしでねがい？」

と、聞いた。

かっちゃんは、うなずきながら、嚙《か》まれた太ももに手をやっていた。

右太ももの内側と外側に、錐《きり》をねじ込んで開けられたような深い穴《あな》のような痕《あと》が、それぞれふたつくっきりとついていて、そこから中の赤い肉が見えていた。

かっちゃんは、あまりに突然《とつぜん》のことだったからなのか、想像《そうぞう》を超《こ》えた恐怖《きょうふ》からなのか、痛《いた》みも感じなかったし、声も涙《なみだ》も出せないでいた。

「す、すぐ、家さ連れでぐがらな。それとも病院だべが……」

おじさんも、どうしていいのか混乱《こんらん》しているようでおろおろしている。

「ま、まんず、背中《せなか》さおぶされ。さ、はぇぐ!」

腰《こし》が抜《ぬ》けたようになっているかっちゃんのそばでしゃがんでいるおじさんの言うなりに、かっちゃんはその背中におぶさった。

「やっぱりまんず、家さ行っだほうがいいな。うん。そうすべ」

おじさんは、小走りに急ぎながら独《ひと》り言《ごと》のように言った。

おじさんの背中は、とても大きくて、温かかった。

その背中に背負《せお》われ、首に手を回しているうちに、かっちゃんの中に悔《くや》しさ、やるせなさ、惨《みじ》めさ、憤《いきどお》り、悲しさといったいろんな感情《かんじょう》が一気に渦巻《うずま》いてきて、絶対《ぜったい》に泣かないと決めていたかっちゃんだったが、とうとう堪《こら》えきれずに、おいおいと声をあげて泣き出したのだった。

そして、春休みが、あと何日かで終わるという日のことだ。

マサと学校のグラウンドでなにするでもなくぶらぶら歩いていると、音楽室からピアノの音が聞こえてきた。

「しゃぼん玉」の曲だ。しかし、小学校はまだ休みなので、マサとかっちゃんは不思議に思った。

「おばけがな?」

かっちゃんが言うと、

「まだ昼間だど。おばけが出るわげねべ。したけど、誰《だれ》だべな。見でみるが」

と、マサは、音楽室のあるほうへ歩いていった。

かっちゃんもついていくと、「しゃぼん玉」のピアノのメロディーが、突然、途中《とちゅう》で止まった。

「やっぱり、おばけでねが？」

かっちゃんは、だんだんドキドキしてきた。

「だがらぁ、まだ昼間だって言ってるべや……」

そういうマサの声も少し怖《こわ》がっている。

「戻《もど》るべ？」

「いや、いっしょに見でみるべ」

マサも怖いのだ。

「やめるべって……」

「いいがら、はぇぐ——せーので、あそごさ手ばかけるど」

マサは、背丈《せたけ》より高くなっている窓《まど》の手すりを指した。

「行くど！　せーの！」

仕方なく、跳《と》び上がり、窓の手すりに手をかけて、壁《かべ》に足をかけてよじ登っていくと、

（!?　……）

かっちゃんは、その光景に愕然《がくぜん》とした。

誰《だれ》もいない音楽室のグランドピアノのそばで、伊藤《いとう》先生と男の人が、見つめ合い、顔を近づ

けている。

かっちゃんは、一年生になったとき、伊藤先生が音楽の時間に「しゃぼん玉」をピアノで弾《ひ》いて、みんなに歌わせていたことを思い出した。

顔を少し横にして目を閉《と》じた伊藤先生に、男の人の顔がゆっくりと近づいていく。

「伊藤先生！」

かっちゃんは、思わず声をあげた。

「ばが！　すったら大っきな声出すな！」

マサが大声で言った。

と、伊藤先生と男の人が気がついて、こっちを見た。

「逃《に》げるど！」

マサは、窓の手すりから飛び降《お》りるようにして走りはじめた。

かっちゃんもマサを追って走った。

マサはグラウンドを横切るようにして走り、隠《かく》れ家《が》のほうに向かった。

「もう少しのどこだったのに、なして声出したのよッ」

隠れ家についたマサが、はぁはぁしながら言った。

「したって……」

かっちゃんも息が切れ、それだけ言うのが精一杯《せいいっぱい》だった。

「おらだちの顔、見られだがな?」

「チラッとだけだがら、わがらねがったんでねが」

かっちゃんの希望的観測《かんそく》だ。

「んだがなぁ? したけど、やっぱり伊藤先生、あの先生と結婚《けっこん》するんだなぁ」

マサは、がっかりした声を出して言った。

「——!?」

「あの男の人は、分校の先生なんだわ。前もおらだちの学校さ来たごとあって見だごとある。今日は、おそらぐ職員《しょくいん》会議がなんがあって来たんだべ。伊藤先生、あの先生と結婚するらしいって親がら聞いでる」

かっちゃんは、ショックを受けて、すぐに言葉が出てこなかった。

「したら、伊藤先生、学校やめるのが?」

かっちゃんは、女の人はみんな結婚すると、外で働かなくなると思っていた。

「先生は続けるみてだど」

それを聞いて、かっちゃんは安心した。しかし、伊藤先生があの男の人に取られてしまった気がして、とても寂《さび》しい気持ちにもなっていた。

「あーあ、おら、もう少し遅《おそ》ぐ生まれでくればよがったな……」

突然《とつぜん》、マサが不思議なことを言うので、

「なしてさ？」

と、聞くと、マサは、

「おら、橋の下がら拾われできたって、親に言われでるんだ。もう少し遅ぐ生まれだら、もしがしたら結婚した伊藤先生に拾ってもらえるがもわがんねべ？　かっちゃんもそう思わねが？」

「なしてさ……」

かっちゃんは、心細い声を出して聞いた。

「したって、かっちゃんも拾われできたんだべ？　おめのお兄、そう言ってたど。したがら、おら、かっちゃんと仲良ぐすべと思ったんだがら」

かっちゃんは、胸《むね》をえぐられたようなショックを受けた。

「ウソだべ……」

かっちゃんの声は、震《ふる》えていた。

「ウソでねべや。したって、かっちゃんだけ、ほがの兄弟ど似《に》でねもな」

マサが追い討《う》ちをかけるように言った。

かっちゃんの鼓動《こどう》は激《はげ》しくなった。確《たし》かに、そうだとすると、すべてが合点《がてん》がいくのだ。

お兄は頭がよくてめんこい顔をしているが、かっちゃんははんかくさくてみったくない顔をしている。

すぐ下の弟が小学校に入るのに新しいランドセルを買ってもらったけれど、かっちゃんはお兄のお下がりだ。

西川《にしかわ》のおじいちゃんとおばあちゃんが、かっちゃんのことにまるで興味《きょうみ》がないのも、西川の子ではないからではないか？

かっちゃんが、おかあちゃんにいちばん怒《おこ》られたり叩《たた》かれたりするのも、おかあちゃんのこどもではないからではないか？

胸《むね》が不安でいっぱいになったかっちゃんは、口の中がカラカラになってきた。

その夜、かっちゃんは迷《まよ》ったあげく、思い切ってお兄に聞いてみることにした。

「なぁ、お兄、かっちゃん、ここの家の子でねのが?」

いっしょの布団《ふとん》の中にいるお兄は、つぶっていた目を開けて、かっちゃんを見た。

「おめ、それ、誰《だれ》がら聞いたんだ?」

お兄といっしょじゃないときはマサとは遊ぶなと言われていたから、マサから聞いたとは言えない。

かっちゃんは、それには答えず、

「なぁ、違《ちが》うべ? 違うよな?」

と、期待を込《こ》めて聞いた。

が、お兄は、

「なんもだ。おめは、拾われできたんだ」

あっさりと言った。

かっちゃんは、呆然《ぼうぜん》となった。

「ウソだべ? ……」

かっちゃんは、なにかにすがりたい気持ちで声を震わせた。

「おめとおれは尾札部《おさつべ》で生まれたごとになってるべ?」

「うん……」

かっちゃんが今住んでいる町に来る前は、ここより道南の内浦湾《うちうらわん》に面した尾札部村というところに住んでいて、そこでお兄とかっちゃんは生まれたと聞いていた。

「したけど、ほんとは、おめは、赤《あか》ん坊《ぼう》のどき、尾札部の海の近くの橋の下に捨《す》てられでだんだとよ。おとうちゃんが泣いでだおめば見つけで、かわいそうだと思って、うぢさつれできだんだとよ」

お兄は、淡々《たんたん》とした口調で言う。

「したって、かっちゃん、赤ん坊のごろのごと覚えでるど？」

かっちゃんは、必死で言った。

ぼんやりとではあるが、尾札部の家は海がすぐ目の前で、夜になるといつも村の人たちがたくさんやってきて、大鵬《たいほう》の相撲《すもう》や力道山《りきどうざん》が闘《たたか》うプロレスのテレビを見て熱狂《ねっきょう》していたことを覚えている。

それを言うと、お兄は、

「おめ、それはおめが二歳《さい》が三歳のころだべや。おめが拾われできたのは、もっと赤ん坊のころだ」

「ウソだべ……」

かっちゃんは、泣きたい気持ちになってきた。

「したらいいが。ちょっと待ってろ」

お兄はそう言うと、布団《ふとん》から出て立ち上がって、部屋の電気をつけた。

そして、机《つくえ》のところに行き、ノートと鉛筆《えんぴつ》を持ってきて、枕元《まくらもと》に広げた。

「いいが。おれの名前は、〝ひでたか〟だべ。漢字で書くとな――」

そう言って、漢字で「秀孝《ひでたか》」と書いた。

「おめは、つかさ。漢字で書けば、こういう字だべ」

「秀孝」の隣《となり》に「司《つかさ》」と書いた。それは見たことがある。

「問題は次だ。いいが、よぐ見でろ」

お兄は、「司」と書かれた隣に「秀昭《ひであき》」という字を書いた。

「おめのすぐ下の弟のひであきは、漢字でこう書くんだ。見でみろ。おめだけ漢字ひとつだし、おれとひであきは、同じ〝秀〟って字があるべや。これが証拠《しょうこ》だ」

決定的だった。かっちゃんだけ一字で、お兄と弟には同じ「秀」の字がついたふたつの漢字の名前だ。

「いちばん下の〝こうじ〟も漢字ふたつなんだ。それに、おめはおれといっしょに、あいつが生まれだどこ、見だべ?」

かっちゃんは、言葉を失い、うなずくのが精一杯《せいいっぱい》だった。

確《たし》かに、ずいぶん前、産婆《さんば》さんが家にやってきて、奥《おく》の部屋でおかあちゃんが弟を産んだのを覚えている。

そのとき、お兄とかっちゃんは茶の間におばあちゃんといて、赤ん坊《あかんぼう》の泣き声を聞いて奥の部屋に駆《か》けつけると、汗《あせ》だくになっているおかあちゃんの横で、しわくちゃの顔をして、おぎゃあおぎゃあ、と泣いている弟がいたのをはっきりと見ている。

「わがったら、寝《ね》るど」

お兄は、そう言うと電気を消した。

しかし、かっちゃんの頭の中にもうひとつ不安が生まれてきた。

「なぁ、お兄、なして今まで黙《だま》ってたんだ?」

かっちゃんは、心細い声を出して聞いた。

「おめがかわいそうだと思ったがらよ」

「おとうちゃんもおかあちゃんもが?」

「んでねが？　だがら、おめも知らねふりしてろ」

お兄は、面倒《めんどう》くさそうに言った。

「そうしてれば、この家がらほんとに出されるごとねが？」

「大ぎくなるまではな。もう寝るど」

しばらくすると、お兄の寝息が聞こえてきた。

しかし、かっちゃんは眠《ねむ》れなかった。

（どうするべ。出ていげって言われだら、どうするべ……）

かっちゃんの頭の中は、そのことでいっぱいだった。

次の日もその次の日も、かっちゃんの頭からそのことが離《はな》れなかった。

そんなあるとき、

「あれー、チコ、まだネズミば捕《つか》まえできたのぉ。おめはほんとに利口なネコだねぇ」

と言うおかあちゃんのうれしそうな声が聞こえた。

行ってみると、玄関《げんかん》の前の石の上に死んだネズミが置いてあり、その横でネコのチコが得意そうに手をペロペロとなめているのを目を細めておかあちゃんが見ていた。

チコは、おとうちゃんが漁師《りょうし》の家からもらってきたメスの三毛猫《みけねこ》だ。

漁師の人たちは、オスの三毛猫はなかなか生まれないことから、守り神として大切にするのだが、メスは珍《めずら》しくないので、おとうちゃんが生まれたてのチコを譲《ゆず》り受けてきたのだ。

ずいぶん前のことだけれど、おとうちゃんがいつも乗っているバイクにまたがり、厚《あつ》い革《かわ》ジャンパーの中にチコを入れてもってきた日のことをかっちゃんは覚えている。

チコは、ネズミを捕《と》るのが上手で、ときどきこうしてその手柄《てがら》を見ろとばかりに玄関《げんかん》の前の石に置いておくことがある。

それにとても利口なネコで、絶対《ぜったい》に家の中で用を足さなかったし、障子《しょうじ》を自分で開けたり、盗《ぬす》み食いしたりもしなかった。

大食いのかっちゃんが弟たちのおかずを横取りすると、よくおかあちゃんに頭を叩《たた》かれて、

「おめはチコより悪いな」

と、怒《おこ》られたものだ。

目の前でおかあちゃんにほめられているチコを見ていたかっちゃんは、

(チコみてになればいいんでねべが)

と、思いついた。

考えてみると、チコもかっちゃんと同じようにおとうちゃんに拾われてきたのだ。

しかし、かっちゃんは、おかあちゃんに叱《しか》られてばかりいるけれど、チコはこうしてホメられてばかりいる。

おかあちゃんにかわいがられ、出ていけと言われないようにするにはチコのように役に立てばいいのだ、と思ったのだ。

その日から、かっちゃんは、おつかいにも文句《もんく》を言わずに行くようになったし、弟たちのおかずを取るようなこともしなくなった。

チコのようにネズミは捕れないから、その代わりにフキやウド、ヨモギやゼンマイといった山菜を採《と》りに行ったりもした。

そしてもうひとつ、重大な決心をした。

おばあちゃんの布団《ふとん》の中に潜《もぐ》り込《こ》むこともやめることにしたのだ。

おばあちゃんのこともよく考えてみると、ずいぶん前からすぐ下の弟と寝《ね》るようになっていたし、最近はかっちゃんより弟のことをかわいがるようになっている気がするのだ。

今までかっちゃんのことをあんなにかわいがってくれたのは、きっとかっちゃんがかわいそうだったからに違《ちが》いない。

様子がおかしいことに気づいたおかあちゃんとおばあちゃんは、

「おめ、どうがしたのが？」

と、不思議そうな顔で聞くようになった。

そんなとき、かっちゃんは、

「なんもねよ」

と、無理して元気いっぱいに答えた。

かっちゃんは、お兄の「知らねふりしてろ」という言葉を守らないと、おかあちゃんからいつ本当のことを教えられるか怖《こわ》くてしようがなかったからだった。


そして、怖いことは、その年にもうひとつ起きた。

五月のよく晴れた日、小学校から帰ると、突然《とつぜん》、家がガタガタガタ……と、物凄《ものすご》い勢《いきお》いで揺《ゆ》れ、壁《かべ》に飾《かざ》ってあったものや茶箪笥《だんす》の中にあった皿やコップなどが飛び出して落ち、家が傾《かたむ》くほど大きな地震《じしん》が起きたのだ。

十勝沖《とかちおき》地震だった。

海に近いところは大津波《おおつなみ》が押《お》し寄《よ》せて、大きな被害《ひがい》が出た。

かっちゃんの家は高台にあったので津波の被害はなかったけれど、その地震でいつも遊んでいたグラウンドの真ん中に、深くて長い大きな地割《じわ》れができた。

その地割れの先の笹藪《ささやぶ》の中にあったマサとかっちゃんの隠《かく》れ家《が》も地震で壊《こわ》れてしまったのだが、かっちゃんは、二度と隠れ家を作ろうとは思わなかった。

そして、小学校の行きと帰りにグラウンドを通るたびに、かっちゃんの頭の中には決まって「しゃぼん玉」のピアノのメロディーとともに伊藤先生と男の分校の先生の顔が、まるでしゃぼん玉のように頭の中で浮《う》かんでは消える日々がしばらく続いた。

三年生のそのときから四年生までの間、かっちゃんはどんな毎日を送ったのか、まるでなにも覚えていない。

Ⅳ

かっちゃんに、思ってもみなかった大問題が降《ふ》りかかってきたのは、小学校四年生が終わった春のことだった。それまで住んでいた久遠郡大成町《くどうぐんたいせいちょう》から北に車で一時間ほど行った、北檜山町《きたひやまちょう》というところに引っ越《こ》すことになったのだ。

北檜山に引っ越すことが決まったとき、おかあちゃんは、かっちゃんに言った。

「つかさ、よーぐ聞ぎなさい。今度行ぐ町の小学校は、もしかしだらおめひとりだけ行げねぐなるがもわがらない。もし、今度行ぐ町の小学校さ行げねごとになったら、おめは朝はやぐ起きて、バスか汽車に乗ってたったひとりで遠い学校さ行がねばならないごとになる。おめ、そったらごとになったらいやだべ？　困《こま》るべ？」

おかあちゃんの話によると、引っ越し先の北檜山町の小学校には、ひまわり学級のような教室がないらしいのだ。それで、まず新しい小学校の担任《たんにん》の先生と面接《めんせつ》をして、受け入れられないということになった場合は、隣町《となりまち》にある養護《ようご》学校に入るしかないという。

かっちゃんは養護学校というところがどんな学校なのかまるでわからなかったし、弟たちと違《ちが》う小学校に行くのは別にいやではなかったけれど、乗り物に酔《よ》うタチだったし、早起きは大の苦手だったので、それは困ると思った。

「うん。したら、どうせばいいの？」

かっちゃんが聞くと、おかあちゃんも困った顔をして、

「なんとか受け入れでもらえるように学校さ頼《たの》んだんだけど、まず、おめど話ばしてみねばわがらないって言ってるんだわ。したがら、引っ越したらまず、おめば新しい小学校さ連れでいって、担任の先生さ会わせるがら、おめもここの学校さ入れでくださいって一生懸命《いっしょうけんめい》頼みなさい。いいが？　一生懸命だど？」

と、言った。

そして、お兄はお兄で、かっちゃんにけんかの特訓をはじめると言い出した。

「なして？」

と聞くと、

「おれは、今度がら中学校さ行ぐべや。したがら、おめになんがあっても助けるごとはもうで

ぎねがらだ」

と、真剣《しんけん》な顔でお兄は言った。

おかあちゃんといいお兄といい、あまりに真剣な顔で言うので、かっちゃんはようやく自分の身になにかたいへんなことが起きようとしているのだ、ということがわかりはじめてきた。

そして、お兄に教えてもらった股蹴《またげ》りの練習とおかあちゃんを先生に見立てて、「こごの小学校さ入れでください。一生懸命《いっしょうけんめい》がんばりますがら、お願いします」と大きな声を出して頭を下げる練習を何日も繰《く》り返し、かっちゃんたちは北檜山町という町に引っ越《こ》すことになった。


北檜山はこれまでの町とは比《くら》べものにならないほど大きくて、信号もあったし映画館《えいがかん》もある町だった。

かっちゃんの家は新築《しんちく》の大きな二階建てで、一階の事務所《じむしょ》も広く、おとうちゃんの部下は三人になった。かっちゃんたち家族の住まいは二階だが、家族七人でも充分《じゅうぶん》に広く、かっちゃんとお兄は居間《いま》から離《はな》れた階段脇《かいだんわき》の八畳《じょう》ほどの個室《こしつ》が与《あた》えられた。

その部屋から、問題の北檜山小学校はすぐ近くに見え、お兄が通う中学校もその小学校と並《なら》ぶようにして建っていた。

そして、引っ越しの荷物の整理が落ち着いたある日の午後、いよいよおかあちゃんはかっちゃんだけを連れて小学校に行った。

北檜山小学校は、前の小学校より大きくて新しい校舎《こうしゃ》だった。

まだ春休みだったので生徒は誰《だれ》もおらず、ワックスの匂《にお》いが充満《じゅうまん》した廊下《ろうか》をかっちゃんとおかあちゃんは緊張《きんちょう》しながら進んでいった。

職員室《しょくいんしつ》に入っていくと、ジャージ姿《すがた》の若《わか》い男の先生が出迎《でむか》えてくれた。

「森田《もりた》先生ですか？　西川《にしかわ》でございます。なにとぞよろしくお願いいたします」

よそゆきのきれいな服に、ちゃんと化粧《けしょう》をしたおかあちゃんは、これまた聞いたことのないよそゆきの言葉を使って深々と頭を下げて挨拶《あいさつ》した。

「なんもなんも。こちらこそよろしくお願いします」

その先生は身長がとても低かったけれど、引き締《し》まった体をしていた。髪《かみ》の毛は短いのにパーマをかけたようにチリチリと丸まっていて目が大きく、かっちゃんはサルに似《に》ているな、と思った。

「あのぅ、先生、この子のことなんですが、あれなんです。なんもまるっきりの馬鹿《ばか》というわげではないんです。ただ勉強しないだけで、すればなんとか、ついでいげると思うんです。したがら――」

不安そうな顔で必死にしゃべりつづけようとするおかあちゃんを森田先生は、にこにこしながら遮《さえぎ》って、

「おかあさん、わたしは、にしかわ君とふたりだけで話がしたいんです。ですから、おかあさんは、お帰りになって結構《けっこう》ですよ」

おかあちゃんが言っていたように大きな町だからなのか、それとも先生も緊張《きんちょう》しているのか、あまり訛《なま》りのない言葉遣《づか》いで言った。

かっちゃんは、「にしかわ君」などと呼《よ》ばれたことがなかったので、急に心臓《しんぞう》がドキドキしてきた。

「そうですか。それではくれぐれもよろしくお願いします」

おかあちゃんは、頭を下げてから、かっちゃんの袖《そで》を引っ張《ぱ》って、先生から少し離《はな》れたところに連れていって、

「つかさ、いいが？　一生懸命《いっしょうけんめい》、頼《たの》むんだど？　わがってるがい？」

と、小声で叱《しか》るように言った。

そして、不安そうな顔をしたまま、また丁寧《ていねい》に深々と頭を下げて職員室《しょくいんしつ》から出ていった。

広い職員室でふたりきりになると、

「にしかわ君、実はボクもこの北檜山に来たばっかりなんだよ。だから、君がはじめて会う生徒なんだ。新しく来た者同士仲良くするべな？」

森田先生は、そう言って握手《あくしゅ》を求めてきた。

かっちゃんが手を差し出すと、ぎゅっと握《にぎ》り、

「にしかわ君、もっと思い切り握ってみれ」

と言うので、ありったけの力で握ると、

「おぉ、君は力が強いんだなぁ」

と、喜んだ顔を見せた。

「したら、教室に行ってみるべ」

森田先生は廊下《ろうか》に出てしばらく進むと階段《かいだん》を上り、グラウンドに面した教室の戸を開けて中に入ると、

「ここが、にしかわ君と先生の教室、五年二組だ。いい教室だなぁ。そう思わないがい？」

と、見渡《みわた》しながら言った。

（というごとは、ごごの小学校さ入るってごとなんだべが……）

かっちゃんは、確《たし》かに新しい教室で、机《つくえ》がたくさん並《なら》んでいるなぁとは思ったけれど、特にいい教室だと思わなかったので、黙《だま》っていた。

「さ、ごごに座《すわ》って、少し話するべ？」

森田先生は、黒板のいちばん前の席に座るように言った。

そして、かっちゃんの隣《となり》の席のイスを横にして向き合うと、

「にしかわ君は、前の学校では、ひまわり学級に行ってたんだってな？」

と、聞いた。

かっちゃんは、緊張《きんちょう》して、うなずいた。

「したけどな、ごごの北檜山小学校にはそういう特殊《とくしゅ》学級はないんだよ。したがら、みんなと同じように勉強しねばなんないんだ」

かっちゃんは、おかあちゃんから聞いて知っていたけれど、先生から直《じか》に言われると、やっぱりがっかりした。

そんなかっちゃんの気持ちを見透《みす》かしたように森田先生は、

「いや、君がどうしてもそういう学校に行きたいということであれば、ここから少し離《はな》れた町に行がないばなんないんだけど、先生はその必要はないと思ってるんだ」

動揺《どうよう》しているかっちゃんは、なんて答えていいのかわからない。

「ところで、にしかわ君は、あんまり勉強、好きでないみたいだな？」

かっちゃんは、黙ってうなずく。

「そうがあ。いやな、先生も小さいころは、勉強好きでなくてなぁ。先生の名前、勉強の勉て書いて〝つとむ〟っていうんだけど、名前負けしたんだな。ぜんぜん勉強できながったよ」

森田先生は、おかしそうに笑って言った。

しかし、かっちゃんは、

（だまされねど。勉強好きでねがったら、学校の先生になんがなるわげねもの）

と、思った。

「にしかわ君は、字もあんまり書けないし、算数もできないみたいだけど、どなの？」

かっちゃんは、恥《は》ずかしくなったので、うなずいたまま下を向いた。

「そうが。したけど、字書けながったり、算数ができないごとなんか、な—んも恥ずかしがるごとないんだよ」

思ってもみなかったことを言うので、かっちゃんは驚《おどろ》いて森田先生を見た。

「先生、実はな。こごの学校に来るちょっと前まで、ペルーっていう外国で日本人のこどもだちが通う小学校の先生やってたんだ。ペルーって聞いだごとあるがい？」

かっちゃんは、首を横に振《ふ》った。

すると、先生は立ち上がって、教室の隅《すみ》の先生の机《つくえ》にあった地球儀《ちきゅうぎ》を持ってきて、

「いいがい？　ここが、日本だ。先生とにしかわ君がいるどころは北海道だがら、ここのこのあたりだ。そしてペルーは……ほら、こごだ」

と指さした。

地球儀は見たことがあるから知っていたけれど、そんな遠くの外国にいた人など見たこともなかったから、かっちゃんはすぐには信じることはできなかった。

「ペルーにはな、字書けたり読めたりできる子のほうが少ないのさ。いや、ペルーだけでないよ。世界じゅうでみたって、字書けながったり算数わがらない子のほうが多いんだ。というより、学校に行けない子のほうが多いって言ったほうがいいがなぁ」

森田先生は、はじめて聞くことばかり言う。

「ほんどのごと？」

かっちゃんは、はじめて口を開いた。

「先生がウソごいでどうするのさ。ほんとだよぉ」

森田先生は、にこにこ笑っている。

「だがらな、字書けながったり算数ができなかったりしたって、なーんも恥《は》ずがしいごとでもなければ、馬鹿《ばか》でもはんかくさいごとでもなんでもないのさ」

やけにきっぱりした口調で言った。

かっちゃんは、一生懸命《いっしょうけんめい》頼むことなどどこかに忘《わす》れてしまい、

「したら、なしてみんな、かっちゃんのごと、はんかくせぇって言うの？」

と、正直に思っていることを言った。

「かっちゃんて、にしかわ君のあだ名がい？」

「うん」

「そうが。先生の小さいころのあだ名は、勉強の勉て書くがら、〝べんちゃん〟だったわ。それに、先生の頭、見てみれ。これ、なんもパーマかけでるわけではないんだ。天然だ。だから〝テンパのべんちゃん〟てからかわれでさ。あ、思い出した。検便《けんべん》あったどきなんか〝検便のべん〟てよぐからかわれだもんだよ」

かっちゃんは、思わず噴《ふ》き出した。

「それでさ、かっちゃんは自分で自分のごとを、はんかくせぇとか馬鹿《ばか》だとか思ってるのがい？」

森田先生は、サルのような大きくてやさしそうな目で、かっちゃんの顔をじっと見て聞いた。

かっちゃんは、言おうかどうしようかしばらく考えて、

「かっちゃんはそうは思ってねよ。したけど、みんなそう言うがら……」

と、小さな声で答えた。

「そうが。自分ではんかくせぇと思ってないんだったら、はんかくさぐないのさ。そういうごとを言うやづのほうがはんかくせぇと、先生は思うど」

森田先生は、自信たっぷりに言った。

かっちゃんも、そう思っていたので、ついうれしくなって、前から疑問《ぎもん》に思っていたことを聞いてみた。

「したら、なして、おかあちゃんとか先生だちは、勉強できねば大ぎぐなったら困《こま》るどって言うの？」

すると森田先生は、意外な顔をして、

「なんもさ。勉強でぎなぐたって、ちゃんと生きていこうと思えば生きていけるし、勉強が苦手な人でも立派《りっぱ》な人はいっぱいいる。したけど、字、読めなかったり書けながったり、算数できなかったりすると損《そん》する。かっちゃんは、損するのはいやでないがい？」

と言った。

かっちゃんは、うなずいた。

「そだよな。字わがらないと漫画《まんが》とか本も読めないいし、手紙も書けない。算数がわがらないと、買い物に行ってもおつり騙《だま》されるがもわがらないもな？　したらまず、どこらへんまでわがらないが、先生に教えでくれないがい？　んだなぁ、したら、まずこれはわがるがい？」

森田先生は立ち上がると黒板に行き、チョークで「1＋1＝」と書いて、かっちゃんを見た。

かっちゃんが答えられないでいると、

「したら、これとこれを足せば、いぐらになる？」

森田先生は、右手の人差し指をまず出し、次に左手の人差し指を出して合わせた。

「〝に〟――」

かっちゃんが答えると、森田先生は顔をパッと明るくさせて、

「なんだぁ。わがるんでないがぁ。したら、黒板に答えば書いてみれ」

と、うれしそうに言ってチョークを差し出した。

かっちゃんは、チョークを受けとって、答えを「11」と書いた。

わざとなんかではない。とっさにそう思ったのだ。

「はあー、なるほどなぁ」

森田先生は、感心した声を出すと、

「確《たし》かに、〝1〟と〝1〟ば合わせれば、そうなるもなぁ。したけど、かっちゃん、これだと、〝じゅういち〟って読まないがい？」

（あ……）

かっちゃんは、間違《まちが》えたことに気がついて、あわてて消そうとした。

が、森田先生は、

「ちょっと待ってけれ。なんも消さなぐてもいい」

と言って、しばらく黒板を見ていた。

かっちゃんは、これでもうダメだ、とあきらめた。

すると、森田先生は、

「今、気づいだんだけどさ、こうすれば〝に〟になるもなぁ」

と言って、「11」の上下に横線を引き「Ⅱ」にした。

「ほれ、これも〝に〟だ。したけど、これはローマ数字っていうんだ。見たことあるがい？」

かっちゃんは、おかあちゃんに叩《たた》かれながら教えられた柱時計を思い出した。

「ある。前に使ってだ柱時計に書がれであった」

あの柱時計は、古くなってくるうことが多くなったとかで、引っ越《こ》すときに捨《す》ててきた。

「そうが。したら、ローマ数字でなく、ふつうの数字で答えば書いでみでくれないがい？」

かっちゃんは、

（ばがにするな……）

と、思ったけれど、口には出さず、「Ⅱ」を消して「2」と書いた。

「んだ、んだ。〝1〟と〝1〟はローマ数字でないから、同じ数字の〝2〟と書いだほうがいいもな。かっちゃん、なんも算数できないわげでないっしょ。したら、これは？」

森田先生は、さっきの足し算を消して、新しく「1＋2＝」と書いた。

かっちゃんは、右手と左手の指を使って数え、「3」と書いた。

「正解《せいかい》！　なあ、かっちゃん、算数のなにがわがらないの？」

森田先生は、不思議そうな顔をして、かっちゃんを見た。

かっちゃんは、「＋」と「＝」を指して、

「これ、なして〝たす〟って読んで、これは〝は〟って読むのがわがらねし、〝二〟にも見えるがら、頭がこんがらがってわがらねぐなる……」

と、思っていることを正直に言った。

すると森田先生は、また顔を輝《かがや》かせて、

「あー、そうがあ。なーるほどなぁ。んだ。確《たし》かに、んだ。先生、そういうふうに考えだごとながったけど、言われでみたら、そう思ってもなんもおがしぐないもなぁ」

と、うれしそうな顔をするので、かっちゃんはおかしな気分になった。

「これは本当は、プラスって読むんだわ。してこっちは、イコールって読むんだ。英語でな。ほら、乾電池《かんでんち》の端《はし》に書いてあるの、見だごとないがい？」

「ある。おとうちゃんの懐中電灯《かいちゅうでんとう》の電池ば入れ替《か》えるどき見で、なんでこういうどころに算数が書がれであるんだべ？　と思ってらよ」

「あ、そっが。かっちゃんちは、北電《ほくでん》だったもなあ。んだ、んだ。それなら、頭こんがらがってもおがしぐないわ」

森田先生は、しきりに感心している。

「いや、先生もな、なして〝たす〟とか〝プラス〟のごとを、こやって書くようになったのが、〝は〟や〝イコール〟を、なして漢数字の〝二〟みてに書くようになったのが、実はわがらないんだよ。したけど、これはおそらぐだけどな、算数で使う記号は、世界じゅうおんなじものば使うべって、決めだんでないがと思うんだよ。どだ？　この考え？」

森田先生は興奮《こうふん》したように目を輝かせている。

かっちゃんは、森田先生がどうしてそんなに興奮しているのかわからなかったけれど、悪い気はしなかった。かっちゃんが言ったことに、馬鹿《ばか》にしたような態度《たいど》はとらず、こんなうれしそうにする人を見るのははじめてだったし、ちゃんと考えて答えてくれようとしていることがうれしかったのだ。

「あ、いい話、思い出した」

森田先生は、そう言うと嬉々《きき》とした顔で話しはじめた。

「むがしな、大昔の話だど。世界じゅうの人間が同じ言葉をしゃべってたんだど。してな、神様は天にいるから、見にいぐべっていうことに決めだんだとさ」

かっちゃんは、まだおばあちゃんとふたりでいっしょの布団《ふとん》で寝《ね》ていたころ、眠《ねむ》りにつくまでおばあちゃんがしてくれる昔話が大好きだったので、真剣《しんけん》な顔になって聞きはじめた。

「してな、世界じゅうの人ば集めて天まで届《とど》くでっけぇ塔《とう》を建てたんだ。したけどな、あともう少しで天に届くってところで、勝手なごとする人間に神様が怒《おこ》ってしまって、せっかく造《つく》ったその塔ば壊《こわ》してしまったんだど」

かっちゃんは、だんだんわくわくしてきた。

「して、どうなったの?」

「うん。神様はこのまんま人間が同じ言葉をしゃべってたら、まだ同じごとをやるに違《ちが》いない。これからは同じ言葉をしゃべれなぐしないとダメだと思って、それまで世界じゅう陸つづぎだったのを、バラバラにしてまったんだ。したがら、ほれ、この地球儀《ちきゅうぎ》みたいになってしまって、そこに住む人だちの言葉がバラバラになってまったんだとさ。したがら、外国語って、いろいろあるっけさ。そんなごとあったから、全部の言葉は同じぐしないけど、せめで算数だけは世界じゅうで同じ記号を使うべってごとにしたんでないがな?」

(そうだったのがぁ!)

かっちゃんは、やっと記号をどうしてそう書くのかわかった気がした。

「先生……まだ聞ぎてぇごとあるんだけど、いいがい？」

「おお。なんぼでも聞きなさい。わがるごとだったら、なんでも答えるど」

森田先生は、期待した目でかっちゃんを見た。

「なして、国語はひらがなとか漢字とかカタカナがあるの？ ひとつのほうが面倒《めんどう》くさぐねぇと思うんだけど……」

かっちゃんは、言いながら途中《とちゅう》で後悔《こうかい》しはじめた。

もしかしたら、「はんかくせぇ」と言われるのではないかと思ったのだ。

しかし、森田先生は、目を見開いて、

「いやー、それもいいごと聞いでくれだ。んだ、んだ。ひとつのほうが確《たし》かに面倒くさぐないから、日本人は昔は漢字しか使わねがったんだよ」

と、またうれしそうに言うので、かっちゃんもうれしくなった。

「そだったの？」

「んだ。日本にはもっと前の大昔は字なんてながったんだわ。字が入ってきたのは中国がらなんだわ。ほら、中国はここだ」

森田先生は、また地球儀を指さして場所を教えてくれた。

「はじめは、偉《えら》い坊《ぼう》さんだちが船で中国に行ってさ、お経《きょう》が書かれた漢字を写して持ってきたのがはじまりなのさ。かっちゃんは、お経って見だごとないがい？」

かっちゃんは、首を振《ふ》った。

「そがあ。したら今度、寺に行ぐごとがあったら、お経が書かれたものを見せてもらえばいい。びっしり漢字で書かれであるがら」

「だがら、坊さんのお経って、なに言ってるがわがらねの？」

死んだおかあちゃんのほうのおじいちゃんの法事で、お坊さんがかっちゃんの家に来たことがある。そのとき、お坊さんが唱えていたお経は、なにを言っているのか、かっちゃんにはさっぱりわからなかったのだ。

「んだ。そのとおりだ。したけど、お経は中国語でもないんだ。お経は、お釈迦《しゃか》さんが作ったもんだし、お釈迦さんが生まれたのは、中国ではなくて、ここ。インドだがらな」

森田先生は、また地球儀《ちきゅうぎ》でインドを指さしながら言った。

「インドはインドで、また言葉が違《ちが》うから、中国に伝わってきたどき、中国の人は自分だちが使ってる漢字をあてはめるごとにしたのさ。して、その中国語で書かれたものが、今度は日本に入ってきたってわけさ。だけども、中国さ行ってだ坊さんだちは漢字は読めたけど、中国さ行ってない日本の人だちは教えでもらっても漢字はむずがしいものばかりだがら、なかなが覚えられねっけさ」

「先生も？」

「ああ。先生もわがらない漢字、まーだいっぱいある」

（へぇー……）

かっちゃんは、だんだん安心してきた。

「そごで、お経にびっしり書かれである漢字と漢字の少しあいだどころに、誰《だれ》でも簡単《かんたん》にわがるような言葉っていうが、簡単な記号だな。それをつけて読めるようにしたらどうだべってごとになったんだ。そうして、生まれたのがカタカナさ」

（へえ！）

かっちゃんは、またまた感心した。

「そうこうするうちに、今度は漢字ぜんぶを誰にでもわがるようにしたらどうだべがってごとで、漢字そのものをくずしてわかりやすくしたんだ。そうして作られたのが、ひらがななのさ。たとえば——んだなあ、先生もぜんぶわかってるわげでないがら、自信はないけども、あいうえおの〝あ〟ってあるべ。あれはほんとうは、確《たし》か、漢字だとこやって書ぐんでながったがな?」

森田先生は、黒板に「安」と書いた。

「この〝安〟を、くずして……こうがな? あれ、こうだべが?」

などと真剣《しんけん》な顔をして言いながら、おかしな〝あ〟に似《に》た字をいくつも書いて、最後に〝あ〟になるように書いた。

(ほんとだべが?)

と、かっちゃんは思ったけれど、森田先生がウソをついているようには思えなかった。

「ま、ともがく中国の人だちは今でも漢字だけを使ってるみたいだけど、日本人は漢字とひらがなとカタカナばまぜこぜにしたほうがわかりやすいってごとで、三つの文字を使うようになったってわげさ。わがったがい?」

「ちょっとわがった気がする。したけど、学校の先生になってもわがらね字があるっで聞いでびっくりした」

かっちゃんが言うと、森田先生は、

「わがらない字があるどごろが、そのほかのごとでも、わがらないごとだらけさ。したから、わがらないごとあったら、人に聞いだり、自分で調べだりするごと、ずいぶんあるど。したけど、それまでわがらながったごとがわがれば、気持ちがすっとするもな？　かっちゃんも、わがらねがったごと今わがって、すっとしながったがい？」

「ちょっとだけ、すっとした」

「んだべ⁉　いやー、いがった、いがった」

森田先生は、満足したようにうなずいている。

「ほがに、先生がわがらねごとって、どんなごとあるの？」

かっちゃんは、聞けば面倒《めんどう》くさがらずに答えてくれる森田先生が、だんだん好きになってきた。

「んだなぁ……いっぱいありすぎで、ぱっとすぐ頭に浮《う》かばねけど――あ、んだ。たとえばさ、飛行機とか船。ペルーに行ぐどきも帰ってくるどきも飛行機だったけどもさ。あんなに大きい鉄でできてる飛行機がなして飛べるのがわがらないし、鉄でできてる船がなして浮かぶがわがらないんだよ。したって、鉄は水に浮がばないっしょ？　それなのに、なして鉄でできてる船が浮がぶのがわがらないもなあ」

森田先生は、むずかしい顔になった。

そういうことは考えたこともなかったけれど、言われてみれば確《たし》かにそうだと、かっちゃんは思った。

「したがら、今でも飛行機とか船に乗るの、おっかないんだわ。したけど、その謎《なぞ》がわかって、納得《なっとく》すればおっかなぐなくなると思うんだよなぁ」

ひとり言のように言っていたかと思うと、森田先生は急にハッとした顔になって、

「んだんだ。納得だ。納得ってわがるがい？　なるほどなぁと思って、気持ちがすっとすることさ。かっちゃんが算数が好きでながったり、字が書けながっだり読めねがったのは、納得できねがっだがらでないがい？　なしてこうなってるんだべどか、なしてこうしないばなんねだべって、わがらないがらやらながったんでないがい？」

森田先生にそう言われると、そんな気がしてくるから不思議だった。

「したら、こうしてみないがい？　学校がはじまるまでのこの春休みの間、先生とふたりで、これまでわがらながったごととか、不思議だったごととかわがるように勉強して、みんなに追いついでみないがい？」

かっちゃんは、首をかしげた。

「いやがい？」

いやではないのだが、そんなことをしても、無理なのではないかと思うのだ。

そんなかっちゃんの気持ちをまるで見透《みす》かしたかのように森田先生は、

「無理でないがと思ってるのがい？　したけど、先生はそうは思わねんだなぁ。なしてが、教えるがい？」

と、なにか悪巧《わるだく》みでもしているような顔をして言った。

「うん」

かっちゃんが言うと、森田先生は、

「廊下《ろうか》に行ぐべ」

また不思議なことを言う。

廊下に出ると、森田先生はかっちゃんと並《なら》んで、

「先生、背《せ》がちっちゃこいべ？　したけどな、たぶんこごの学校の中で、走るの、いちばん速いど思うど。競走してみるが？」

と、言った。

確《たし》かに、森田先生の背丈《せたけ》は、かっちゃんより少し高いくらいだった。

しかし、かっちゃんはそれとは別の心配をしていた。

「廊下《ろうか》、走るの、ダメでないの?」

走るのが得意ではなかったということもあるけれど、前の学校でも廊下を走ってはいけないといつも怒《おこ》られたのだ。

「確《たし》かに、廊下を走るのはダメだ。したけど、それは学校がはじまったらの話だ。みんなが走るようになったら、ぶつかってケガするがもわがらないがらな。したけど、今は誰《だれ》もいねんだがらいいんだ。いいがら、いくど。いちについて——」

森田先生は、勝手に走る準備《じゅんび》をしたので、しかたなくかっちゃんも横に並《なら》んだ。

「よーい、どん!」

走った。

が、森田先生は自分で言ったとおり、本当にびっくりするほどのスピードで走り、あっという間に廊下の突《つ》き当たりにタッチした。

かっちゃんは、やっと森田先生のいるところまで行くと、息が切れて声が出せないほどだったけれど、森田先生はまるで息が切れておらず、平然としている。

「な? 先生、速いべ?」

かっちゃんは、はぁはぁ言いながら、うなずいた。

「先生、こんなにちっちゃこいのに、なしてこんな速く走れるがわがるがい？」

かっちゃんは、息を切らせながら首を横に振《ふ》る。

「コツがあるんだ。速ぐ走ろうと思ったどき、かっちゃんは足を速く動がそうと思うんでないがい？　したけど、そうでないんだ。速く動がさないばなんないのは、足ではなぐ、手なんだ。手ばな、こやって速く振るんだ。足ば速く動かそうなんて考えないで、手ばめいっぱい振るんだ。やってみれ」

立ったまま、森田先生がやるように両手を前と後ろに振ってみた。

「もっとだ。もっと――したら、なんだか走りたぐなってこないがい？」

本当にそうだった。確かに、走りたくなってくる。

「したら、もう一回。今度はさっきいだほうに向かって走ってみるべ。いいが。いちについて――よーい、どん！」

また走った。

「手だ。手ば振れ。もっと手ば振れ！」

森田先生は、先を走りながら叫《さけ》ぶように言った。

しかし、結局は勝てるはずもなく、また森田先生は、あっという間に廊下《ろうか》の突《つ》き当たりに着いた。

それからずいぶん遅《おく》れて、かっちゃんも着いた。

「な？　さっきより速く走れだべ？」

確《たし》かに、さっきより速く走れた気がする。

森田先生はそう言うと廊下に腰《こし》をおろして、かっちゃんにもそうしろとばかりに横に手を置いて、床《ゆか》をパンパンと軽く叩《たた》いた。かっちゃんは森田先生にならって廊下に座《すわ》った。

「人より速ぐ走ろうと思ったら、その人よりもっと速く手を振ればいいんだ。それでも速ぇやつがいだら、そいつよりもっと手ば速く振《ふ》れるようになれば、絶対《ぜったい》勝つようになれる。足ではないんだ。手なんだ。勉強も同じなんだよ。頭で覚えようとしてもダメなんだ。わがるがい？」

かっちゃんは、首を横に振った。

すると、なにを思ったのか、森田先生は、いきなり、

「かっちゃん、この野郎《やろう》ッ！」

と、大声で怒鳴《どな》って手を振り上げた。

かっちゃんは、びくっとして、とっさに手で頭をかばった。

「あはははは。悪い、悪い。びっくりしたべ。したけど、かっちゃんは、いっぱい叩《たた》がれたごとあるみてだなぁ」

森田先生は、笑っている。

かっちゃんは、なにがおもしろいのかと訝《いぶか》しい顔で先生を見ると、

「かっちゃん、今、なんか考えて頭ばかばったわげでねべ？　自然に、とっさに叩がれると思って、頭をかばったべ？　違《ちが》うがい？」

「うん……」

確かにそうだった。しかし、森田先生がなにを言おうとしているか、かっちゃんにはまるでわからない。

「一度も叩がれだごとがないやつは、ポカンとしたままで、かっちゃんみたいにあんな速く頭をかばったりできないんだよ。かっちゃんは、いっぱい叩がれでるがら、人より速く頭をかばえるのさ。いいがい。よーぐ聞いでけれ。字を覚えたり、算数が速くできるようになるのも、それと同じさ。頭で覚えようとしたらダメなんだ。頭だけで覚えたとしても、すぐ忘《わす》れる。体で覚えないとダメなのさ」

森田先生は、ゆっくりと噛《か》み締《し》めるように言った。

「体で覚える？　……」

はじめて聞く言葉だった。

「んだ。目で見て、声を出しながら手を使って何回も書く。したら、自然と勝手に頭に入っていぐのさ。しかもな、そうやって覚えたことは、なかなか忘《わす》れないんだわ。頭だけ使って覚えたものは、そのどきだけ覚えた気がするけど、すーぐ忘れてしまう。どだ？　だまされたど思って、先生とやってみないがい？」

森田先生は、とてもやさしい笑顔《えがお》で、かっちゃんを見た。

「わがった。やってみる」

かっちゃんは、すべて信じたわけではなかったけれど、この森田先生の言うことなら聞いてみようと思った。

「そうが！　んだったら、先生も一生懸命《いっしょうけんめい》にやってみるがら、ここの小学校さ入ったほうがいいがどうがは、この二週間の春休みが終わったどきに、かっちゃんが決めるごとにしねがい？」

森田先生は、かっちゃんの目をじっと見つめて言った。

「わがったよ。そうする!」

学校からいっしょに外に出ると、もう夕方になっていた。森田先生の家は、中学校の隣《となり》にある住宅《じゅうたく》で、奥《おく》さんとふたりで暮《く》らしているという。

別れ際《ぎわ》、森田先生は、

「したら、かっちゃん、またあしたな」

と手を振《ふ》って帰っていった。

こうして、かっちゃんは北檜山小学校に通うことになり、森田先生との二週間の春休みの特別訓練が始まった。

次の日、約束どおり、かっちゃんは朝の八時から誰《だれ》もいない五年二組の教室で森田先生とふたりだけで勉強をはじめた。

「まず、ひらがなの〝あ〟の書き順は、こうだ。よーぐ見てでけれよ」

森田先生が、黒板に書いた。

「したら、かっちゃんもこの下に書くたびに〝あ〟って、声を出しながら書いてみれ」

森田先生は、かっちゃんが正しい書き順で書いたのを確《たし》かめると、今度は黒板の真ん中に縦《たて》

に線を引き、

「したら、先生とどっちが速く黒板にいっぱい〝あ〟を書げるか、競争するべ。いいがい？　よーい、どん！」

もちろん、かっちゃんのほうが遅《おそ》いし、字そのものも乱《みだ》れたものしか書けない。

しかし、森田先生は、決してわざと遅く書いたりはしなかった。

「したら、次は〝い〟だど」

〝あ〟がいっぱいになると、黒板を消し、〝い〟を声を出しながら書く。その次は、〝う〟を黒板いっぱいに声を出しながら書きつづけた。

いくらやっても森田先生にかなうわけはなかったけれど、かっちゃんはちっともつまらないと思わなかったし、遊んでいるような気がしてむしろ楽しかった。

そして、かっちゃんがそろそろ疲《つか》れたなと思うと、森田先生はそれをちゃんと察して、今度は体育館に行こうと言い出した。

誰《だれ》もいない体育館はとても広く感じた。森田先生はかっちゃんを道具室に連れていき、ふたりでマットと跳《と》び箱《ばこ》を運び出した。かっちゃんの苦手な跳び箱の跳び方を教えてくれるというのだ。

「よーし。したら、かっちゃん、まず、ひとりでやってみでけれ」

しかし、かっちゃんは、いくら助走をつけて走っていっても腰《こし》の高さほどの跳び箱の前で、怖《こわ》くて止まってしまった。

「あー、なして跳べないか、わがったど。まず助走はしなくていいわ。してな、踏《ふ》み切《き》り台《だい》ば踏むどきに、前に跳ぼうとしないで、天井《てんじょう》に向かうつもりで跳《は》ねてみれ。そうすれば、勝手に手が跳び箱の上につぐがら。いいがい？　こういうふうにだ」

森田先生は、助走などつけずに踏み切り台に足を乗せたまま真上に跳び、跳び箱の上にまたがった。

「今、やったみたいにやってみれ」

言われたように、やってみた。

すると、森田先生と同じように跳び箱の上にちゃんと手がついて、またがることができた。

「んだんだ。したら、今度は、ちょごっと助走つけて、同じようにやってみでけれ」

やってみると、さっきより跳び箱の先の位置に、尻餅《しりもち》をついた。

「ほらな？　少しずつ、前に行ぐようになったっしょ。もう一回やってみでけれ」

そうやって助走を少しずつ伸《の》ばしていきながら、何回か繰《く》り返しているうちに、怖《こわ》さに慣《な》れてきて、少しずつ前へ前へと、尻餅《しりもち》する位置が跳《と》び箱《ばこ》の先へと伸びていった。

「うまい、うまい。したら、今度は思い切り走って、同じように跳んでみでけれ、前に行こうとするんでないど。跳び箱の真上の天井《てんじょう》に跳《は》ねるんだど」

やってみた。

と、ついに腰《こし》ほどの高さの跳び箱を跳ぶことができ、前のめりになってマットの上に転んだのだった。

跳び箱の横で見ていた森田先生は、かっちゃんを抱《だ》きしめて、

「できだべさ！　かっちゃん、すげぇど！　たったこれだけの時間で、跳び箱、跳べるようになったべさ！」

と、顔をくしゃくしゃにして喜んでくれた。

かっちゃんは、感動して、言葉が出てこなかった。

本当に三十分もたっていないのに、跳べなかった跳び箱を跳ぶことができたのだ。かっちゃんは、まるで夢《ゆめ》を見ているような気持ちだった。

「も一回、やってみでもいい？」

かっちゃんは、夢ではないことを確《たし》かめたかったのだ。

「おう。何回でもやってみれ」

かっちゃんは、もう跳び箱が怖くなかった。そして、やっぱりちゃんと跳べ、今度はマットの上にも転ばずに立つことができた。

あまりの感動に、かっちゃんは体がぞくぞくしてきた。

「やったー！　やったよー！」

かっちゃんは、叫《さけ》んだ。

「な？　跳び箱も走るのと同じさ。ちょこっとやり方を変えるだけでいいんだ。前に跳ぶんでないんだ。跳び箱の上の天井に向かって、跳ねるつもりでやれば、勝手に前に跳んでいってくれるんだ。さ、したら、もう一段《だん》高くしてみるがい？」

森田先生は、跳び箱を高くした。

かっちゃんは、なんの怖さも感じることなく、簡単《かんたん》に跳ぶことができた。

「よーし！　もう、かっちゃんは跳び箱は大丈夫《だいじょうぶ》だ。あとは、助走を速くすれば、何段でも跳べるようになるど」

「うん！」

この跳《と》び箱克服《ばここくふく》は、かっちゃんに想像《そうぞう》以上の「自信」というものをつけさせ、森田先生に対する信頼《しんらい》は動かないものになった。

そして、教室に戻《もど》ると、また森田先生と黒板に向かってやり残した「あいうえお」の五十音を声を出して書く競争をしたが、さっきまでとは、気合というものがまるで違《ちが》っていた。チョークを持つ指は痛《いた》くなり、腕《うで》も肩《かた》もしびれてくるのだが、かっちゃんはちっとも休みたいとは思わず、ひたすら書きつづけた。

昼になると、かっちゃんも森田先生もそれぞれ家に戻って昼ごはんを食べ、一時になるとまた学校に戻った。

「したら、今度は、先生がひらがなを言うから書いてみでけれ――〝き〟」

かっちゃんは、瞬間的《しゅんかんてき》には思いつかなかったけれど、少し間があって頭に〝き〟の形が思い浮《う》かび、書くことができた。

それもかっちゃんにとっては、驚《おどろ》きだった。

「んだ、んだ。次は――〝さ〟」

森田先生は喜び、次々に問題を出していく。

かっちゃんは、ときどき思い出すのに時間がかかるひらがなもあったけれど、だいたいはすぐに書くことができるようになっていた。

そうなると、問題を出されることがおもしろくなってきた。

「かっちゃん、ひらがなは、もう体で覚えたみたいだな。先生の言うとおりだったたっしょ？」

「うん！」

「したけど、これで安心するなや？　家に帰ったら、また何回も声を出しながら、あいうえおの表を横に置きながら、目で見て、声を出して、一個《こ》について――んだなぁ……十回ずつ書いてみでけれ。したら、もう完全に大丈夫《だいじょうぶ》になるはずだど」

「うん！」

「よし。したら、今度はグラウンドに行って、かっちゃんができないって言ってた鉄棒《てつぼう》の逆上《さかあ》がりに挑戦《ちょうせん》してみないがい？」

森田先生は跳び箱の成功で、かっちゃんに自信がついてきたことを見抜《みぬ》いたのだ。

グラウンドに行くと、森田先生は、地面に足の届《とど》かないいちばん高い鉄棒にぶら下がった。

「いいがい？　逆上がりは、跳び箱と同じで、なんも勢《いきお》いなんかつけなくてもいいんだ。見ででけれや？」

森田先生はそう言って、懸垂《けんすい》でゆっくりと体を持ち上げ、さらにゆっくりと足を丸めたかと思うと、そのままくるりと回って、いとも簡単《かんたん》に逆上《さかあ》がりをしてみせたから、かっちゃんは驚《おどろ》いた。

「びっくりしたがい？　したけど、これもすぐにできるようになるがら、先生の言うとおりにやってみれ。まず、懸垂の練習だ」

森田先生は鉄棒《てつぼう》から降《お》りると、かっちゃんを持ち上げて高い鉄棒を逆手で持つように言った。

「腕《うで》を引き上げて、できるどころまで体を持ち上げるんだ」

やってみたけれど、これはなかなか思うようにいかない。

「も一回。さ、も一回……もっとだ。もっと腕を引き上げて、思い切り、体を持ち上げてみれ」

森田先生は懸垂を三回くらいやらせると、その鉄棒から降りろといい、今度は地面に足がつくいちばん低い鉄棒に連れていった。

「今度は、この鉄棒で、さっきと同じように懸垂、やってみれ」

足がついているから、自然と足が曲がる。そして、さっきと同じように懸垂で体を持ち上げ

ると、森田先生は、かっちゃんの丸めた足に手をやり、

「ほれっ！」

と、ちょっとだけ持ち上げた。

すると、体はくるりと回り、勝手に鉄棒の上に腹《はら》が乗った。

「あっ……」

一瞬《いっしゅん》にして風景が変わった。まるで魔法《まほう》をかけられたみたいだった。

「降りて、も一回やってみれ」

「うん」

さっきと同じように、かっちゃんは懸垂で体を持ち上げた。森田先生は丸まったかっちゃんの足を、すっと持ち上げた。

と、かっちゃんの体はくるんと回転し、逆上がりが簡単《かんたん》にできてしまった。

「できた……」

かっちゃんは、狐《きつね》につままれたような気持ちだった。

「簡単だべ？　かっちゃんは、今まで体のどごに力を入れだらいいのが、わがらなかっただけなのさ。も一回やってみれ」

やってみると、ウソのように簡単《かんたん》にできた。

(なして、こったら簡単なごと、できねがったんだべが……)

かっちゃんが、そう不思議に思っていると、森田先生はまるでかっちゃんの心の中をのぞいたみたいに、

「かっちゃん、いいがい? 運動も勉強も、なんでもコツってあるんだ。そのコツば覚えれば、たいていのごとはできるようになるのさ。あど、なんがやってみだいごとないがい?」

と、にこにこしながらやさしく言った。

「野球、できるようになりたい……」

前々から思っていたことだった。でも、野球は飛んでくるボールを打ったり、拾ったり、投げたりしなければならないスポーツなので、跳《と》び箱《ばこ》や逆上《さかあ》がりとは比《くら》べものにならないほどむずかしいものだと思っていたのだ。

が、森田先生はいとも簡単に、

「わがった。したら、あしたは野球の練習してみるがい?」

と、言った。

「うん!」

かっちゃんは、さっきまでの不安はすっかりどこかへ消え、森田先生に教えてもらえればなんでもできてしまう気がしてきた。

次の日、勉強を早めに終わらせた森田先生は、グローブとバット、それにキャッチャーがつけるマスクを用意してかっちゃんをグラウンドに連れていった。そして、グローブは持たせずに、キャッチャーマスクだけをかっちゃんにつけるように言った。

「かっちゃん、ボール受け取るの、おっかねぇと思うがら目ばつぶってしまうって言ってだべ?」

「うん」

「それはな、きっと顔にぶつかるんでないがと思うがらだと思うんだよ。したけど、そのマスクばつければ顔に当だっても痛《いた》ぐないがらな」

そう言うと、森田先生は、かっちゃんから少し離《はな》れたところからソフトボールを投げて顔に当てるから目をしっかり開けていろという。

「かっちゃん、手で受け取ろうとしなくていいがらな。目ば開けて、ボールばしっかり見でるんだど?」

「わがった……」

「したら、いぐど。目だ。目ばつぶるなよ」

と言って、下手投げでボールを投げてきた。

ガン——かっちゃんがつけたキャッチャーマスクにボールが当たった。ちょっと衝撃《しょうげき》を受けたけれど、痛《いた》くはなかった。

「な? 痛ぐないべ?」

「痛ぐない」

「したら、すこし離《はな》れだどこがら、今度はもっと強くぶつけるど。したけど、逃《に》げないで目ば開けだまま、ボールだけ見でろや?」

ガシッ! ——頭がぐらっとしたけれど、そんなに痛くはない。かっちゃんは、しっかりボールを見ていた。

「大丈夫《だいじょうぶ》が?」

「なんも痛ぐながったし、ちゃんとボール見でだよ」

「よーし、よし。な? したら、今度はグローブつけでみれ」

言うとおりグローブを手にはめた。

森田先生は、三メートルくらい離れると、

「いいがい？　また顔にめがけで投げるがら、受け取ってみれ。絶対《ぜったい》に目ばつぶるなよ」

そう言って、またボールを投げてきた。遅《おそ》いボールなので、ボールがゆっくり見えて受け取ることができた。

「んだんだ。その調子だ。な？　目さえ開げでれば、なんも怖《こわ》いごとないっしょ？」

「うん！」

「したら、今度はもっと離れたどころから投げるど？」

森田先生は、そうやって距離《きょり》をだんだん延《の》ばしていって、ボールを投げてきた。かっちゃんは、ちゃんと受け取ることができた。

それを何回か繰《く》り返し、だんだん距離を延ばしていき、やがて森田先生は腕《うで》を上から振《ふ》り下ろすようにしてスピードのあるボールを投げた。

かっちゃんは、受けた手のひらは痛かったけれど、ほとんどのボールをちゃんと受け取ることができた。

「よし。したら、今度はマスクば取ってみでけれ。いいがい？　目だ。目さえ開げでれば、ボールが見えでなんもおっかないごとないんだがらな」

森田先生は、しつこいほど言う。

そうしてキャッチボールをはじめた。かっちゃんは、そのぜんぶのボールを取れるようになったわけではないけれど、森田先生の言うとおり、目さえ開けてちゃんとボールを見ていれば、怖《こわ》いという気持ちはなくなった。

それだけではない。森田先生は、グローブで受け取るときの痛《いた》くない受け方のコツも教えてくれた。

「まずな、体の真ん中で受け取るようにするのさ。いいがい？ してな、手ば伸《の》ばしたまま受け取るから、手さ直接《ちょくせつ》ボールが当だって痛いんだわ。んだがら、そうではなくて、ボールを見て、向かってくるのに合わせるように、こうやってグローブを引いて受け取れば痛ぐないのさ。したら、やってみるべ」

本当だった。つまり、スピードを殺せということなのだ。

バットでボールを打つときも、森田先生は「目だ。ボールから目ば離《はな》すな」と、しきりに言った。そうすれば、ちゃんと当たるのだと。そのとおりだった。

その次は、遠投の仕方とバットの振《ふ》り方のコツを伝授《でんじゅ》してくれた。

「いいがい？ 腕《うで》だけで遠くに投げようとするんでない。腰《こし》なんだ。腰をひねって、投げるどころに目をやって投げでみれ。したら、遠ぐに投げられる。バットで打って遠ぐに飛ばすのもおんなじさ。ボールがら目を離さないで、バットに当だったと同時に、腰ば思い切りひねるんだ。そすれば、勝手にボールは遠ぐに飛んでってける」

ゴロを拾うときもボールから目を離さず、腰をできるだけかがめて受け取れという。

かっちゃんは、その日、夕方になるまで野球の特訓を受けた。

森田先生の言うことは、いちいちすべて本当のことだった。目に見えて確実《かくじつ》に成果が上がるのだから、かっちゃんは驚《おどろ》きの連続で、楽しくて楽しくてしようがなかった。夕方になったころには、ボールを投げる、受ける、打つ、拾うの四つをほぼ完全にマスターしていた。

かっちゃんに少しずつではあったが、ある変化が生まれてきた。

毎日森田先生と勉強と運動を続けていると、薄皮《うすかわ》が一枚《まい》一枚剝《は》がれていくように意識《いしき》が鮮明《せんめい》になっていく気がしてきたのだ。

だから家に帰っても森田先生の言うことを守って、漢字、一桁《けた》の足し算引き算、それに九九を目で追い、声を出してノートに同じことを何十回も書いて練習した。お兄と同じ部屋だったので、夜はごはんを食べたあと、誰《だれ》もいない一階の事務所《じむしょ》に下りていって遅《おそ》くまで続けた。

そんなあるときのことだ。

事務所《じむしょ》のおとうちゃんの机《つくえ》で漢字を書いていると、なにかの書類に「西川昭司《しょうじ》」と書かれているのが目に入ってきて、ハッとした。

おとうちゃんの名前だ。

かっちゃんは、自分がここの家の子ではなく、拾われてきたと思い込《こ》んで悩《なや》んでいたことをいつの間にか、すっかり忘《わす》れていた。

あれは二年ほど前のことだ。マサに、自分もそうだけれど、かっちゃんも赤《あか》ん坊《ぼう》のときに橋の下から拾われてきたのだとお兄から聞いたと言われたのだ。

それをお兄に確《たし》かめて、そうだと言われたとき、かっちゃんは深くて真っ暗な井戸《いど》の中に落ちていくようなとてつもなく恐《おそ》ろしい不安にかられたものだった。

あのとき、お兄は自分の名前は「秀孝《ひでたか》」で、弟は「秀昭《ひであき》」だ。しかし、おまえは「司《つかさ》」という一文字だということでも、おまえが拾われてきたということがわかるだろと言い、かっちゃんはすっかり信じてしまったのだ。

だが、もう漢字がわかるようになったかっちゃんは、それがいかに馬鹿《ばか》馬鹿しいことだったかを思い知った。

かっちゃんの「司」はおとうちゃんの「昭司」という名前から一文字を取ってつけられたもので、弟の「秀昭」とその下の「公司《こうじ》」もそうだ。

おとうちゃんの名前といちばん関係ないのは、「秀孝」のお兄であって、拾われてきたかどうかを名前で判断《はんだん》するならば、お兄こそが拾われてきたということになる。

それにしてもお兄は、どうしてあんなウソをマサにもかっちゃんにも言ったのだろうか?

——おそらく、お兄は自分の弟が、ひまわり学級にいることが恥《は》ずかしくてそう言ったのだろう。

マサだって拾われてきたのではなく、家からお金を盗《ぬす》んで買い食いなんかするから、親がちょっと懲《こ》らしめてやろうと思って言ったに違《ちが》いないのだ。

それにしても、あの、自分は拾われてきた子ではないかと怯《おび》えた日々は、いったいなんだったのだろう? どうして、いつ、それを忘れてしまったのだろう?

かっちゃんは、いくら思い出そうとしても思い出せなかった。もしかすると、あまりの不安と恐怖《きょうふ》に耐《た》えられずに、その記憶《きおく》を消そうとしたのかもしれない。

かっちゃんは、森田先生の言葉を思い出した。

(字が書けなかったり読めなかったり、算数ができなかったりすると損《そん》をする。わがらないごとがわかると、おっかなくなくなる）――そのとおりだと思った。

勉強をするということは、そういうことなんだと、かっちゃんは強く思った。

と、急に、かっちゃんは、なぜだか笑いがこみ上げてきた。

おばけだと思って怯《おび》えていたのが、実は風に吹《ふ》かれて揺《ゆ》れていた木の枝《えだ》の影《かげ》だったことがわかったときにこみ上げてくるようなおかしさだ。

そして、森田先生の言う体で覚えるという勉強法を続けるにしたがって、かっちゃんの頭の中を覆《おお》っていた霞《かすみ》のようなものが徐々《じょじょ》に取り払《はら》われていくような感覚を、自分でも意識《いしき》できるようになっていった。

森田先生と誰《だれ》もいない教室で勉強をはじめるようになって十日ほど経《た》つと、かっちゃんは四年生までに習う漢字の読み書き、二桁《けた》以上の足し算引き算、掛《か》け算《ざん》の仕方も理解《りかい》できるようになり、森田先生が用意してくれる国語と算数の問題も七〇パーセントは正解《せいかい》するようになっていた。

森田先生は、答えを間違《まちが》えてもバッテン印は絶対《ぜったい》につけなかった。

「おしいなぁ。もう一回、考えてみないがい？」

と、にこにこして言ってくれるから、萎縮《いしゅく》することはなく、どこで間違えたかを冷静に見つめることができた。

そして休憩《きゅうけい》の時間には、ペルーのナスカの地上絵やエジプトのピラミッドの写真を見せて、これらがいまだにどうやって作られたのかわからないとか、宇宙人《うちゅうじん》が作ったのではないかという説まであるのだとか、かっちゃんがワクワクするような謎《なぞ》に満ちたいろんな話をしてくれた。

「な？ 世界には、まだまだわからない不思議なごといっぱいあるっしょ？」

そういうときの森田先生は、こどものように目をきらきら輝《かがや》かせて言う。

「かっちゃんも、不思議だなぁと思うごと、なんがないがい？」

「ある……」

かっちゃんが言うと、森田先生は興味津々《きょうみしんしん》という顔で、

「そうがい。なんだ？ 先生に教えでけれ？」

と、聞いた。

こういう森田先生の聞き方もかっちゃんは好きだった。絶対に、命令口調では言わず、「〜してけれ」と頼《たの》むように言うのだ。

かっちゃんは、どうしようか迷《まよ》ったけれど、

「先生、どうして白いごはんは飽《あ》ぎないのがな？　おかずは毎日違《ちが》うがら飽きないのはわがるけど、ごはんは毎日毎日食べでも飽ぎないのはなしてなんだべ？」

と、以前から不思議に思っていたことを恐《おそ》る恐る聞いてみた。

ずっと前、おかあちゃんにそれを聞くと、

「そったらはんかくせぇごと言ってねぇで、はやぐ食べろじゃ」

と、あきれ果てた顔をされたからだ。

が、森田先生は、いつものように顔を輝《かがや》かせて、

「そう言われてみればそうだなぁ。かっちゃんは、それ、どのくらい前から不思議だなと思ってたんだ？」

と、聞いてくれた。

「ずいぶん前がら。したけど、おかあちゃんにそれば言ったら叱《しか》られれだ……」

かっちゃんが不安そうに言うと、森田先生は笑って、

「きっと忙《いそが》しがったがらでないがい？　したけどな、実はそういうごとを考えるごとこそ大切なんだ。なしてだべとか、これって不思議だなって思うごとを見つければ、知りたくなるっ

しょ？　したらまず、なにする？」

かっちゃんは、しばらく考えて、

「考えだり、調べだりする？　……」

と、自信なさそうに答えた。

すると森田先生は、かっちゃんの肩《かた》に両手を置いて、ガシッと掴《つか》み、

「かっちゃん、そのとおりだ！　それさ。それがいっちばん大切なごとなんだわ。したけど考えだり、調べだりするには、その手がかりが必要になってくるっしょ？　それが、今やってる字が読めたり書けたり、算数だったりする勉強なのさ！」

と、心からうれしそうな顔を向けて言った。そして、教室の天井《てんじょう》をしばらく見つめてなにか考えていた。

やがて、なにか思いついたらしく、かっちゃんの顔にふたたび目を向けると、

「そのごはんの話だけどな。先生もなして白いごはんは毎日毎日食べても飽きないのが、本当のどごろはわがんない。したけど、今、かっちゃんに言われて思い出したごとあるど。あのな、ペルーの人は、毎日ごはんでなぐパンみてなものば食うのさ。先生も最初はうめぇなと思ったけど、毎日食べでだっけ、イヤになってしまった。したけど、ペルーの人は大丈夫《だいじょうぶ》な

んだわ。それがら思うに、これはあくまでおそらぐだど？　きっど飽《あ》ぎるどが飽ぎねどがの問題ではなぐ、日本人はむがーしっがらごはん食べでだから、体が要求するんでないべがと思うのさ。いや、体に合ってるど言っだらいいがな？　――んだ、んだ。ほら、前にも言ったべ？体で覚えでるってやづだよ。ごはんを食べないば、日本人の体がおがしぐなるってごとを、体で覚えでるんでねべが？　――んだ、きっと、んだ。あー、んだんだ！」

森田先生は、興奮《こうふん》したようにそう言うと、またなにかを思いついたらしく、チョークを取ると、黒板に「食」という字を書いた。

「食べるって、こういう字、書くべ？」

森田先生は、いつもの悪巧《わるだく》みをしているような顔になっている。

「うん」

もうかっちゃんは、その漢字を読めるようにも書けるようにもなっていた。

「したけど、よーぐ見でみれ。この字は、〝人〟に〝良〟いって書ぐっしょ？」

森田先生は、「人」という字から少し離《はな》したところの下に「良」と書いた。

（あ～ッ……）

かっちゃんは、思わず声を出しそうになった。

「〃人〃が食べるものは、体に〃良〃いもんでないとダメだってごとだな？　いやー、昔の人はえらいと思わないがい？　そういうごとをわがってだがら、こういう漢字にしたんだべなぁ」

自分で思いついたことなのに、森田先生はまるで人に教えてもらったようにしきりに感心している。かっちゃんはそんな森田先生がおかしくて、でもとても好きなところだった。

森田先生は、同じ間違《まちが》いをしても決して怒《おこ》ったり、かっちゃんの言うことを否定《ひてい》したりはしない。

「間違えたら、またやればいいだけのごとだべさ。大切なごとは〃わかる〃というごとなんだ。してな、それよりがもっと大切なごとは〃考える〃ってごとなんだ」

それが口癖《くちぐせ》の森田先生は、かっちゃんの言うへんなことに絶対《ぜったい》に馬鹿《ばか》にした態度《たいど》はとらず、むしろおもしろがってくれ、いっしょに考えてくれるのだった。

漢字や算数がほぼ完全にできるようになると、森田先生は五年生からの勉強方法の極意《ごくい》を教えると言った。

「それはな、簡単《かんたん》なごとだけど、ながながやれないごとで、続けられる人はあんまりいないんだ。したけど、かっちゃんならできるど思うがら教えるど？　いいがい。よーぐ聞いてけれや？　教科書ば読むごとなんだ。一ページば最低十回は声を出して読め。したら、どこが大事などこだか、自然とわがってくる。したらな、そこに赤い線ば引くのさ。してな、それを今度はまだ十回、声ば出して書ぐ。これだけだ。もしだど？　それでも、覚えられながったら、二十回やればいい。それでもダメだったら、三十回やってみれ」

「そったらに？」

「んだ。だがら、簡単《かんたん》なごとだけど、ながなができるごとではないんだ。したけど、かっちゃんだらできる。できるはずだと先生は信じてる。どだ？　やれそうがい？」

そのときの森田先生の目は、いつになく真剣《しんけん》だった。かっちゃんは、そんな森田先生の目をしっかりと見て、

「うん。やる！」

と、はっきり宣言《せんげん》した。


二週間の春休みもあと残り少なくなったある日のことだった。

森田先生は、かっちゃんに音符《おんぷ》の読み方を教えてあげると言って音楽室に連れていった。

そして森田先生は音楽室に入ると、まず、後ろの壁《かべ》の上に飾《かざ》ってある音楽家たちの肖像画《しょうぞうが》の前に立って、

「この人だちは、昔の天才音楽家と言われでる人だちでさ。今でもこの人だちが作った音楽は、すばらしいどされでるんだ。かっちゃんは、この人だちの中で、どの人がいちばんかっこいいど思う?」と聞いた。

バッハやモーツァルトなどの肖像画なのだが、かっちゃんは誰《だれ》が誰だかわからないし、みんな女の人のようなおかしな髪型《かみがた》をしているので、

「どの人もかっこ悪いど思う」

と、正直に答えた。

「んだなぁ。確《たし》かにおがしな髪してるもな。したけど、先生は、この人がいちばん好ぎなんだわ」

森田先生は、並《なら》んで飾られている肖像画の中で、ひとりだけ長く伸《の》びた髪を爆発《ばくはつ》させたような髪型をして、いちばん怖《こわ》い顔をしている男の人を指さした。

「この音楽家はな、ベートーベンっていうんだ。なして先生が好ぎだが、わがるがい?」

かっちゃんは、ピンときた。

「わがったぁ！　先生のあだ名と似《に》でるがらっしょ」

かっちゃんが笑って言うと、森田先生も声を出して笑って、

「おっしいなぁ。ちょっとだけ違《ちが》うんだ。実は、先生のあだ名、〝テンパのべんちゃん〟のほがに、中学校に行ぐようになったら、いっつもおっきな弁当《べんとう》持っていってたがら〝べんとうべん〟ってあだ名もつくようになったのさ」

〝ベートーベン〟と〝べんとうべん〟――かっちゃんは、腹《はら》を抱《かか》えて笑った。

「したけどな、先生がこの音楽家が好ぎなのは、ほがにも理由があるんだわ。なしてがっていうとな、このベートーベンて人は、耳が聞こえながったんだよ」

かっちゃんは、驚《おどろ》いた。

「耳、聞こえながったら、音もなにも聞ごえないべさ。どやって音楽つぐったの？」

「んだ。不思議だべぇ!?　したら、ピアノのほうさちょっと来てけれ」

森田先生は、そう言うとピアノの鍵盤《けんばん》があるふたを開けて、その上に頭をくっつけて音を鳴らし、

「耳が聞こえなくてもな、こうやれば頭蓋骨《ずがいこつ》に音が響《ひび》いて、なんとなく音がわがるのさ。あのベートーベンは、そやってすばらしい音楽ばいっぱい作ったんだ。すげぇと思わないがい？」

「ほんとの話⁉」

「あー、ほんとの話だぁ。あのベートーベンが作った音楽の中でも、いっちばん有名な音楽、聞がせるがい？」

「うん！」

森田先生は、急に芝居《しばい》がかったマジメな顔をしだして背中《せなか》をピシッとさせ、両手で指を揉《も》むようにしてから、目をつぶり、ふぅ〜っと深いため息をついた。

そして、カッと目を開いて鍵盤に手を落とし、ババババーン！　バッ、バッ、バッ、バーン！——突《つ》き指するのではないかと思うほど、指を鍵盤に叩《たた》きつけたのだけれど、そこまででやめ、

「実は、先生、ここまでしか、弾《ひ》けないんだけどな」

と、いたずらっ子のような顔をして、

「したけど、この曲は名曲中の名曲といわれでてな、題名は『運命』っていうんだわ」

と言った。

（運命……）

短い曲だったけれど、かっちゃんには、その言葉と旋律《せんりつ》が強烈《きょうれつ》に頭と耳に焼きついた。

「ベートーベンは耳だけ聞こえながったけど、もっとすごい人もいるんだど」

「誰《だれ》？」

「ヘレン・ケラーっていう女の人でな。その人は、まだ赤《あか》ん坊《ぼう》のどきに病気にかがって、耳も聞こえなくて目も見えない、口もきげながったんだけど、この人は、世界じゅうを回って、障害《しょうがい》をもった人だちのために勉強教えだ偉《えら》い人なんだ。興味《きょうみ》があったら、図書室にその人の本があるはずだから読んでみればいい。感動するど？」

森田先生は、そのほかにも発明王エジソンが小さいときは勉強が苦手で、ずいぶん大きくなるまで寝小便《ねしょうべん》していたとか、意外でおもしろい話をたびたびしてくれた。

それはきっと、かっちゃんに、人間はがんばればどんなことでもできるんだ、ということを伝えたかったのだろうと思う。


そんな森田先生との日々は、あっという間に過《す》ぎていき、不思議なことにかっちゃんの頭の中を覆《おお》っていた霞《かすみ》のようなものはどこかへすっかり消えてなくなり、目に見える景色の色まで鮮明《せんめい》になっていた。

そして、いよいよ明日から五年生の新学期が始まるという日、森田先生は真剣《しんけん》な顔をして、

「今日で春休みは終わりだ。さ、かっちゃん、ここの小学校さ入るがい？　それどもやめるがい？」

かっちゃんの目をのぞき込《こ》むようにして言った。

かっちゃんは、即座《そくざ》に答えた。

「かっちゃん、先生の生徒になりてぇ。いいがい？」

すると真剣な顔をしていた森田先生は、一瞬《いっしゅん》にして、ニカッとうれしそうな顔に変わって、

「そっがぁ！　うん！　先生もかっちゃんの先生になりたいと思ってらよ！　したけど、かっちゃんは、本当によぐがんばった。先生、えらいど思う。もう大丈夫《だいじょうぶ》だ。あどは、これまでみたいな勉強の仕方を続ければいいんだ。それがら、明日から、先生は、もうかっちゃんと呼《よ》ばないど？　明日からは、にしかわ君と呼ぶがらな」

と、うれしそうに言った。

V

翌日《よくじつ》、かっちゃんは新しい小学校で、五年生を迎《むか》えることになった。

始業式の日、かっちゃんは教室のみんなの前で森田《もりた》先生の横に立ち、緊張《きんちょう》した顔で挨拶《あいさつ》した。

クラスのみんなは、前の小学校の子たちより大人っぽくてかしこそうに見えたけれど、簡単《かんたん》な挨拶が終わると、クラス全員で拍手《はくしゅ》をしてくれた。

そして、かっちゃんが窓側《まどがわ》の席につくと、森田先生が話しはじめた。

「今日がら先生がみんなの担任《たんにん》になるごとになった。みんなは、先生のごとを先生って呼《よ》ぶごとになってるけど、先生といったって、なんもえらいとか怖《こわ》いとか思わないでほしい。なしてがといえば、これば見てけれ」

森田先生は、黒板に大きく「先生」と書いた。

「こう書いて〝先生〟と読むっしょ？　したけど、よぐ見てみれ。先生というのは、〝先に〟〝生まれた〟という意味だ。先に生まれでるから、みんなよりいろんなごとは知ってると思う。したけど、知らねごともいっぱいある。みんなのほうが先生より知ってるごともいっぱいあるはずなんだ。したがら、先生はみんなど友だちになりたいど思ってる。わがらないごとがあったら、なんでも聞いでけれ。先生、わがらないごとは、わがらないって言うし、調べてみでみるがらな。その代わり、先生がみんなのごとでわがらないごとがあったら、みんなに聞ぐから、そのどきはみんなも先生に教えでけれ。約束できる人⁉」

森田先生は、そう言うと手をあげてみせた。

みんな、いっせいに顔を輝《かがや》かせて手をあげた。

森田先生は、一瞬《いっしゅん》にしてクラスのみんなの心をつかんでしまったのだ。

次の日から授業《じゅぎょう》がはじまったのだが、森田先生は、ちょっと授業を進めるとすぐに問題を黒板に書いて、「わかる人」と言って、手をあげさせた。

しかし、手をあげた人には当てず、手をあげていない子を指して、

「どこがわがらない？」

と、やさしく聞いた。

その子が恥《は》ずかしそうにしてしゃべらなかったり、答えられないでいると、別の手をあげていなかった子に同じように、

「君は、どこがわがらない？」

と聞いて、どこがわからないかがわかると、森田先生はもう一度ゆっくりと説明した。そして、また「わかる人」と言って手をあげさせ、手をあげない子がいると、その子に同じように「どこがわがらない？」と、笑顔《えがお》を絶《た》やすことなく根気よくやさしく聞くのだ。

もちろん、かっちゃんには五年生の勉強はまだむずかしかったので、手をあげることのほうが少なく、よく当てられてわからないところを一生懸命《いっしょうけんめい》に伝えた。

そうしたことを繰《く》り返し、手をあげない子がいなくなったときに、はじめて誰《だれ》かを指して答えさせるというやり方だった。

もし、わかったと思って手をあげて指された子が答えを間違《まちが》えても、「違う」とか「間違い」とは決して言わず、「おしいっ」と大声をあげながら大げさに悔《くや》しがり、「もう一回、答えてけれ」と頼《たの》むように言い、問題を最初からゆっくり説明して、また答えさせるのだった。

だから授業《じゅぎょう》が進むのは、とても遅《おそ》かったけれど、手をあげない子はすぐにいなくなり、答

えを間違える子もいなくなっていくという、とてもわかりやすくて楽しい雰囲気《ふんいき》が生まれていった。

そして、授業を終えるチャイムが鳴っても森田先生は職員室《しょくいんしつ》に行くことはめったになく、

「わがらないごとがあったら、いつでも聞ぎにきてけれ」

と言って教室にいた。

質問《しつもん》をしに来る子がいないときは、それぞれグループになっている生徒たちの間に入っていって声をかけ、いっしょに話したり遊んだりもした。

そんな雰囲気だったから、かっちゃんは昼休みに入るまでに教室のほとんどの男子生徒と話をすることができた。

初日の授業が終わると、学級委員を選ぶ学級会が開かれた。

「この人が学級委員にいいと推薦《すいせん》する人、誰がいるがな?」

森田先生が言うと、ひとりの女子が手をあげて、

「東《ひがし》君がいいと思います」

と言った。

東克洋《かつひろ》君は、とても目立つ生徒だった。顔もかっこよくて背《せ》も高く、頭もよくて運動神経《うんどうしんけい》も抜群《ばつぐん》だという話は、かっちゃんもすでに耳にしていた。

そんな東君をかっちゃんは、

（お兄みてだなぁ）

と、思っていた。

森田先生が、そのほかに推薦《すいせん》したい人は？　と聞いたのだが、誰《だれ》もいなかったので、

「したら、立候補《りっこうほ》したい人」

そう言って、手をあげさせると、何人かの男子が手をあげた。

そして、手をあげての多数決の選挙となったのだが、東君が圧倒的《あっとうてき》多数を採《と》って、学級委員に決まった。

かっちゃんは、家に帰ると森田先生に教えてもらったやり方で勉強を続け、その日に習ったことを声に出して何十回とノートに書いた。風呂《ふろ》と晩《ばん》ごはん以外の時間は机《つくえ》に向かい、夜遅《おそ》くまで一階の事務所《じむしょ》で勉強を続けた。

いっしょの部屋のお兄は中学校の野球部に入り、朝練や日が暮《く》れるまで部活をして疲《つか》れてい

るらしく布団《ふとん》に入る時間も早くなったので、かっちゃんと話をすることはほとんどなくなっていた。

おばあちゃんも弟ふたりと同じ部屋なので、なにかと面倒《めんどう》を見なければならず、九時にはもう寝《ね》ていた。

そして、十時を過《す》ぎても勉強をしていると、

「かっちゃん、もう寝だらどうだ?」

と言って、おかあちゃんがやってくる。

最近、〝かっちゃん〟と呼《よ》ぶことが多くなったおかあちゃんのその声と顔は、やけに穏《おだ》やかでやさしかった。かっちゃんが勉強するようになったこともあるのだろうけれど、おとうちゃんの部下が増《ふ》えたことで、もう事務所の手伝いをすることもなくなり、夫婦《ふうふ》げんかのタネも少なくなったからだろう。

ネコのチコもときどき、事務所に降《お》りてくることがある。ネズミ捕《と》りの名人だったチコだったけれど、家が新しくなってネズミがいなくなり、手柄《てがら》を立てることもなくなったからか、二階の居間《いま》や事務所のソファで退屈《たいくつ》そうに寝ていることが多くなっていた。

森田先生は、小テストと呼《よ》ぶテストをよくやった。昨日、勉強したことの大切なところを翌《よく》日《じつ》にはガリ版《ばん》で作った問題にして、十分間のテストを生徒にやらせるのだ。

しかし、その点数は成績《せいせき》には関係ないという。しかも、早くできた順に提出《ていしゅつ》させてその場で採点《さいてん》し、七十点以上取った生徒は、体育館が空いていれば体育館で、グラウンドで遊びたい生徒はグラウンドで遊んでいいというのだ。

また、七十点以下でも間違《まちが》ったところにはバッテンをつけずにその場で返し、七十点取れるまで二回提出してよく、そのテストも回収《かいしゅう》することなく、家に持ち帰って復習《ふくしゅう》のために使いなさいと言った。

つまり、早く七十点以上取れた生徒は遊ぶ時間が多くなるわけだから、みんな一生懸命《いっしょうけんめい》になってテストをするだろうという狙《ねら》いなのだ。

「なんも百点なんか取るごとないんだ。七割《わり》がたわがってれば、勉強したごとのほとんどは理《り》解《かい》してるってごとなんだ。大切なごとは理解するということと、覚えたごとは忘《わす》れないというごとなんだ」

森田先生は、かっちゃんにも言ったようなことを口癖《くちぐせ》のように、みんなにも言っていた。

かっちゃんは、一回で七十点を取れることはめったになかったけれど、回数を重ねていくうちに、だいたい二回目で七十点をもらえるようになっていった。

かっちゃんのクラスで、いつもいちばん早くテストの採点をしてもらうのは、やはり学級委員の東君だった。しかし、東君は体育館に行って、遊ぶことはほとんどなく、机《つくえ》に座《すわ》ったまま、勉強を続けていた。

昼休みになっても、誰《だれ》かから誘《さそ》われれば遊ばないこともなかったが、自分から進んで遊ぼうとはしなかった。

授業《じゅぎょう》が終わると、その日の「反省会」があり、学級委員の東君が議長を務《つと》めた。

「○○君にスカートめくりをされたので、やめてほしいと思います」とか「××君が廊下《ろうか》を走っていました」といった意見が出る。

すると、東君は、それが本当かどうかを当人や目撃者《もくげきしゃ》の証言《しょうげん》を取ると、「やめたほうがいいと思う人」とすぐに多数決を採《と》り、話し合いの時間をなるべくとらない進め方をした。

ほとんどの生徒が放課後、グラウンドや教室で下校するようにという放送がはじまるまで遊ぶのだが、東君は、誰とも遊ぶことなくさっさと家に帰っていくのだった。

不思議に思ったかっちゃんは、親しくなった同級生の男子たちに東君のことをいろいろ聞いてみた。

東君は、四年生のときに転校してきたのだが、そのときからずっとあんな感じで、女子からはとても人気があるけれど、実は男子からはあまり人気がないのだという。

自分からみんなと親しくしようとはしないし、だいたいきれいな言葉ばかり使って、かっこつけていると非難《ひなん》する男子もいる。

しかし、勉強もスポーツも成績抜群《せいせきばつぐん》で、女子たちからも人気が高く、なにか気に食わないことをするわけでもないので、文句《もんく》のつけようがないということだ。

かっちゃんは、お兄とはちょっと違《ちが》うなと思ったけれど、そんな東君と友だちになれて遊べたらどんなにいいだろうと思ったので、ある日の昼休み、教室にひとり残って勉強している東君に、思い切って話しかけてみることにした。

「東君、かっちゃんと友だちになってけねがい？」

東君は、ポカンとした顔を向けたまま、何も答えない。

「ダメが？」

かっちゃんが聞くと、東君は、

「にしかわ君だったっけ？　君、変わっているね」

と、テレビに出ている人のようなきれいな言葉を使って困《こま》ったような顔をした。

「どこが変わってるの？」

「そういうところさ。自分のことをあだ名で呼《よ》ぶし、自分から友だちになってくれなんて、おかしいよ」

かっちゃんは、そんなことを言われたことはなかったので、どう答えていいかわからなかった。

「ボクはね、遊ぶことより勉強のほうが大事なんだよ。悪いね」

東君は、そう言うと、また勉強をはじめてしまったので、かっちゃんはそれ以上話しかけることができなかった。

学校がはじまって一か月ほどしたある日、「道徳《どうとく》」の時間を使って「学級会」が開かれることになった。学級委員の東君の提案《ていあん》で開くことになったもので、東君がみんなで話し合いたいことがあるというのだ。

黒板に東君は、「授業《じゅぎょう》のすすめかたについて」とチョークで書いて、議題を提案した。

「ひとつは、森田先生は授業中、わかる人、と言って手をあげさせるけど、その人たちは指さないで、手をあげない人に当てるのはおかしいと思います。だったら、はじめから〝わからない人は手をあげて〃と言ったほうがいいと思います。これについて意見のある人は、手をあげてください」

かっちゃんは、なるほどなぁ、と思った。しかし、わからない子は恥《は》ずかしいから手をあげられないのだ、とも思う。

「では、決を採《と》りたいと思います」

まだ話し合ってもいないのに、東君はまたすぐに多数決で決めようとした。

かっちゃんは、思い切って手をあげた。

東君は、怪訝《けげん》そうな顔をしてかっちゃんを見ると、

「はい。にしかわ君」

クラス全員が、かっちゃんに注目している。

かっちゃんは、ドキドキしながら、

「わがらない人は手をあげでって言われでも、手はあげないと思います。なしてがっていうと、わがらない人は恥ずかしいと思うからです。したがら、今のままでいいと思います」

教室の中がしーんと静まり返った。

しばらくして東君が、

「今の意見について、なにか言いたいことがある人？」

と言うと、女子のひとりが手をあげた。

「でも、せっかく手をあげているのに当でられないと、どうせ当でられないんだと思って、手をあげなくなると思います」

その女子の意見を聞いたかっちゃんは、それもそうだなぁと思った。

かっちゃんは、教壇《きょうだん》の隅《すみ》の窓際《まどぎわ》にいる森田先生をちらっと見たけれど、森田先生はなにも言わず、ただ見守っていた。

「ほかに意見のある人――」

東君が言ったが、誰《だれ》も手をあげる人はいなかった。

「いないようなので、決を採ります。今度から授業中《じゅぎょうちゅう》、手をあげさせるのは〝わからない人〟にしたほうがいいと思う人」

ほとんどの生徒が手をあげた。

しかし、東君の提案《ていあん》はそれだけではなかった。

「もうひとつ話し合いたいことがあります。それは小テストのことです。七十点以上を取った人は、体育館やグラウンドに行って遊んでいいというのもやめたほうがいいと思います」

すると、今度は「え〜っ」という不満の声がクラスじゅうからあがった。

東君は続けた。

「なぜかというと、隣《となり》の一組はしていないからです。ボクたち二組だけそんなことをするのは不公平だし、授業中《じゅぎょうちゅう》は勉強するものなのに、おかしいと思うからです。このことについて意見のある人は手をあげてください」

すると、男子のひとりが手をあげた。

学年でいちばん走るのが速い石川《いしかわ》君だった。

「先生がいいって言うんだから、いいと思います」

かっちゃんも石川君の意見に賛成《さんせい》だった。

「ほかに意見がある人——」

東君は教室をさっと見回す。

「いないようなので、決を採《と》ります。ボクの意見に賛成の人は手をあげてください」

今度は、女子数人が手をあげただけだった。

「では、石川君の意見に賛成の人——」

ほとんどの生徒が手をあげ、東君の意見は通らなかった。

東君は、特に悔《くや》しそうな顔もせず、

「ボクからの議題はこれだけです。ほかに、なにか話し合いたいことがある人は手をあげてください」

何人かが手をあげた。

それぞれの議題はいつもの帰りの時間にやる「反省会」のようなものばかりで、誰《だれ》だれ君が下校時間になっても学校に残っていたとか、誰それ君は忘《わす》れ物が多いので気をつけてくださいといったものばかりで、話し合いというより告げ口のようなものばかりだった。

そして学級会の終わりが近づくと、教壇《きょうだん》に立った森田先生は、

「今日、みんなで決めだごとは、先生は守るごとにする。民主主義《しゅぎ》は多数決だがらね。したけど、民主主義で忘れでならないごとがある。それは、少数意見を大事にするというごとなんだ。先生の言いたいごとはそれだけだ」

森田先生は、相変わらずにこにこしていたけれど、かっちゃんには森田先生の目が少し寂《さび》しそうに見えた。

そして、二時間目の授業がはじまると、森田先生は約束どおり、「わからない人」と言って手をあげさせるようにしたけれど、かっちゃんの思ったとおり、手をあげる人はいなかった。

だから、かっちゃんは自分自身はわかっても、もしわからない人がいるとしたらここらへんがわからないのではないか？　と思ったときに、手をあげて質問《しつもん》をした。

いいかっこうをしたかったわけでも、自己満足《じこまんぞく》でもなかった。

かっちゃんは、勉強がわかる人には、わからない人の惨《みじ》めさや恥《は》ずかしさという気持ちがわからないのだと、やっぱり思うのだ。

だから、森田先生が自分にしてくれたように、今度はかっちゃんがそういう人に代わって、わかるようにしてあげなきゃいけないと思ったのだ。

それからまた一週間くらいたったある日、今度は森田先生から意外な提案《ていあん》があった。

小テストが終わっても体育館やグラウンドで遊ぶことができなくなったというのだ。

不満を口にする生徒たちに、森田先生は、職員《しょくいん》会議でもその話題が取り上げられ、どの学級もそういうことにしたら、体育館もグラウンドもいっぱいになってしまうということ、それに授業《じゅぎょう》時間は、四十分と決められているのだから、教室でちゃんと勉強すべきだという意見が多数出て、そう決まったのだという。

おおよそ、東君の意見と同じだ。

「先生の授業の進め方が間違《まちが》っていたどは、先生は今でも思ってないんだわ。したけど、これも先生だちの多数決で決まったごとだから、先生は守らないばなんない。そういうごとだから、これがらも十分間の小テストは続けるけれども、教室から出ねようにしてけれな。残った時間は、どこがわがらながったか、復習《ふくしゅう》と次の勉強の時間に充《あ》でるごとにするがら」

かっちゃんは、それを聞いてがっかりした。というより、森田先生が負けた気がして、悔《くや》しかった。

その日の放課後、かっちゃんは帰りを急ぐ東君を校庭で待つことにした。

そして、東君がやってくると、

「東君は、森田先生のごと好きでないのが?」

と、聞いた。

もしかしたら、東君が隣《となり》の一組の先生に、森田先生の授業の進め方がおかしいのでやめてくれるように言ったのではないかと思ったのだ。

「好きでも嫌《きら》いでもないよ。どうして?」

東君は、迷惑《めいわく》そうな顔をしている。

「したって、森田先生の授業のやり方が気に食わねみてだがら……」

かっちゃんが気おくれして言うと、

「気に食わないんじゃないよ。間違《まちが》えていると思っただけさ」

東君は少しむっとした顔で言った。

「間違ってないと思うど」

かっちゃんも負けずに言った。

「にしかわ君がそう思ったって、ちゃんと職員《しょくいん》会議で決まったっていっただろ？　じゃ、にしかわ君は、ほかの多くの先生たちのほうが間違えているっていうのかい？」

「そうでねけど……」

かっちゃんは、言い返すことができなかった。

「じゃ、ボク、急ぐから」

帰りそうになる東君に、かっちゃんは、

「もうひとつ聞ぎたいごとあるんだ。なして、東君は友だちば作らねの？」

東君は、一瞬《いっしゅん》あきれた顔をすると、すぐにあきらめたような顔になって、

「じゃあ、言うよ。ボクの家はね、だいたい二年か三年で転勤《てんきん》するんだよ。だから友だちができても、すぐ別れなきゃならない。それだったら、友だちなんか作ったって意味ないだろ？

それにね、転校するたびに大きな学校になるんだよ。こんな小さな小学校で成績《せいせき》が一番になっても、次の学校に行ったらもっと勉強ができる生徒はたくさんいるはずなんだ。だから、森田先生は勉強できない生徒にはいい先生かもしれないけど、もっと先に進みたいと思ってるボクにはいい授業《じゅぎょう》の仕方だとは思えないんだ。ただ、それだけさ」

東君はそう言うと、まだ文句《もんく》あるかい？　という顔をしてかっちゃんを見た。

「そうだったのが。東君は、すげぇな……」

かっちゃんは、心からそう思った。

「なにがさ？」

東君は、馬鹿《ばか》にしているのか、というような目でかっちゃんを見た。

「すったらごとまで考えでるから、ほんどにすげぇな、と思って……」

かっちゃんは、そんな先のことまで考えたことがないのに、東君はずっと先のことを考えて勉強していたのだ。

かっちゃんは、素直《すなお》にそんな東君をすごいなと思って言ったのだが、東君は、

「にしかわ君は、ほんとに変わってるよ。じゃ」

そう言うと、足早に校庭から去っていった。

二か月ほど過《す》ぎると、かっちゃんはたくさんの同級生の友だちができ、昼休みや放課後はドッジボールをやったり、ソフトボールをしたりして遊ぶようになった。

しかし、勉強をおろそかにするようなことはなく、そのころになると毎日のようにやる十分間の小テストもほとんど一発で百点を取るようになっていた。

そんなある日の朝会で、森田先生は、小テストのときのやり方を少し変えると言い出した。

クラスの同級生はちょうど四十人いるのだが、それを二十人ずつに分けて互《たが》いに向かい合うように机《つくえ》を並《なら》べさせ、それぞれ班長《はんちょう》を決めて森田先生の代わりに採点《さいてん》をやってもらうことにするというのだ。

「班長のひとりは、学級委員の東君でいいと思う。さ、みんな、もうひとりの班長は誰《だれ》がいいと思う?」

教室の中がざわめいた。と、何人かが手をあげ、当てられたひとりが「にしかわ君がいいと思います」と言ったので、かっちゃんは驚《おどろ》いた。

「ほがに誰がいいと思う?」

森田先生がまた聞くと、今度は誰も手をあげる生徒はいなかった。

「したら、班長は東君と西川君《にしかわ》で決まりだな。これはおもしろぐなってきたど。したって、東西対決ってごとになるんだがら。さあ、どっちの班が勉強わがるようになるがな？　よし。せっかくだがら、ほかの授業《じゅぎょう》もこれがらは机は半分ずつ分けだままでやるごとにするべ」

そして、すぐに机を黒板のほうではなく、教室の真ん中を挟《はさ》んで、ふたつに分けた二十人ずつを向き合うように座《すわ》らせ、さっそく昨日習ったところの十分間小テストがはじまった。

だが、かっちゃんはたいへんだった。まだ自分も全部できていないのに、「できた」と言って、かっちゃんのところにテストを持ってくる生徒がいるのだ。

それをかっちゃんが採点しなければならないのだから時間はとられるし、正解《せいかい》か不正解か、間違《まちが》えてはたいへんなので責任《せきにん》重大だった。

東君とかっちゃんの東西対決は、勉強だけではなかった。森田先生は、体育の時間もみんながいちばん好きなドッジボールをやらせることが多く、そのときも必ず東君のいるチームとかっちゃんのチームに分けて戦わせた。

かっちゃんは、春休みに森田先生にいろんなスポーツの仕方を教えてもらったおかげで、スポーツが大好きになっていたし、勉強に疲《つか》れると、いつも家から近い小学校のグラウンドにやってきて走ったり、鉄棒《てつぼう》をしたり、中学の野球部に入っているお兄とキャッチボールをしていたので、今ではスポーツのほとんどはクラスでも東君と一、二を争うようになっていた。

だから、勉強で東君にかなわない分、かっちゃんはドッジボールの戦いに燃《も》えた。

それというのも、だいたいいつも最後は東君とかっちゃんのふたりの対決になることが多く、その戦績《せんせき》もどっこいどっこいだったからだ。


そんなある日、かっちゃんの耳にショッキングな噂《うわさ》が入ってきた。

東君と五年一組の細田昌子《ほそだまさこ》という学級委員が、どうやら相思相愛の仲らしいというのだ。

細田昌子さんは、色が白くて目がパッチリとしていて、長く伸《の》ばした髪《かみ》を後ろで束《たば》ねた学年一の美人で、勉強も東君と同じくらいできるのではないかという噂の子だった。

そんな細田昌子さんをはじめて廊下《ろうか》で見たとき、かっちゃんはドキンとして、それ以来、一度も言葉を交《か》わしたことはなかったけれど、いつも頭の片隅《かたすみ》に彼女《かのじょ》のことがあるのだった。

その細田さんと東君がどうして相思相愛だという噂になったかというと、かっちゃんたち五年生はもうすぐ北檜山町《きたひやまちょう》の隣《となり》にある瀬棚町《せたなちょう》という海辺の町へ遠足に行くことになっていて、お小遣《こづか》いやおやつのことなどの話し合いをするため、昼休みに図書室でふたりで会っていて、とても楽しそうにしているところを何人もの生徒に見られたことからだった。

「学級委員同士のあのふたりだら、お似合《にあ》いだべ」

「んだな。東は食糧庁《しょくりょうちょう》の所長のこどもだし、細田は営林署《えいりんしょ》の署長のこどもだもなぁ」

「それに東はかっこいいし、細田はめんこいもなぁ」

そういう声があちこちから聞こえるたびに、かっちゃんは東君に対して〝うらやましい〟と同時に無性《むしょう》に〝悔《くや》しい〟という入り交《ま》じった気持ちが芽生え、自分でもどう制御《せいぎょ》したらいいのか戸惑《とまど》うようになってしまった。

かっちゃんはたびたび何食わぬ顔をして、昼休みにふたりがいるという図書室の様子を盗《ぬす》み見るようになった。しかし、そうすればするほど、かっちゃんの〝悔しい〟という気持ちが、どんどん強くなっていくのだった。

そんなとき、かっちゃんは、ひとりでグラウンドを思い切り走ったり、鉄棒《てつぼう》で片足《かたあし》だけをかけてぐるぐると回りつづけた。

心の中に棲《す》みついた「嫉妬《しっと》」というはじめて持った感情《かんじょう》を追い払《はら》うには、体をくたくたになるまで動かすしかないような気がしたのだ。

けれども、そうすればするほどふたりのことが気になって仕方がなくなるのだから、かっちゃんはどうしていいのか、ますますわからなくなっていくのだった。

（よしッ……）

あるとき、かっちゃんは心に決めた。

そして、昼休みに図書室で細田さんと話し合って出てきた東君を体育館の隅《すみ》に連れていき、

「東君、聞ぎたいことあるんだわ」

と、意を決して切り出した。

「あのさ……あの、東君は、細田昌子のごと好きなのが？」

すると東君は、

「あぁっ⁉」

その顔にはとても似合《にあ》わない素《す》っ頓狂《とんきょう》な声をあげた。

「どなの？　……」

かっちゃんは、ドキドキしてきた。

が、東君は不思議そうな顔でかっちゃんを見つめると、

「もしかして、にしかわ君、細田さんのこと好きなの？」

と、聞き返してきた。

そのとたん、かっちゃんは、自分でもわかるほど顔を真っ赤にさせ、恥《は》ずかしさのあまり、黙《だま》って下を向いた。

そんなかっちゃんに東君は、

「ふぅん……だったら、安心していいよ。ボクは、遠足の決め事を隣《となり》の組と話し合いなさいって森田先生から言われたから、仕方なく細田さんと会ってるだけで、好きでも嫌《きら》いでもないし、だいたい、そういうことに興味《きょうみ》がないからさ」

と、あっさり言った。

かっちゃんは、東君の言うとおり、安心していいはずだった。しかし、東君に自分の気持ちを見抜《みぬ》かれたことで、どこかに逃《に》げてしまいたいほど恥ずかしい気持ちになったのだった。

それに、考えてみれば、東君にそんなことを聞いてどうするつもりだったのだろう？

もし、東君が細田さんのことを好きだと言ったら、かっちゃんはどうするつもりだったのだろう？

いや、東君がそうでなくても、細田さんが東君のことが好きだとしたら、どうするつもりなんだろう？

かっちゃんは、運動をたくさんするようになったせいだろう、以前の小太りでずんぐりむっくりした体型ではなくなっている。

だからなのか、最近では、おかあちゃんからも誰《だれ》からも「みったくなし」とは言われなくなったけれど、とても東君に勝てる容姿《ようし》ではないことは、かっちゃんがいちばんよく知っているのだ。

いや東君だけではない。容姿だけでいえば、かっちゃんよりかっこいい同級生はたくさんいるのだ。

仮《かり》に、細田さんが誰も好きな人などいないとしても、かっちゃんが想《おも》いを伝えて実る可能性《かのうせい》は、ほとんどゼロに近いではないか。

(なして、いづまでもこうはんかくさいんだべが……)

かっちゃんは、ほとほと自分というものがイヤになってきてしまった。


夏休みが終わり、学校がはじまってしばらくしたある日、かっちゃんは森田先生に放課後、教室に残るように言われた。

「にしかわ、最近、授業中《じゅぎょうちゅう》、元気なぐなってるみてだけど、どうがしたのがい?」

森田先生とこうして誰もいない教室で、ふたりになることは久《ひさ》しぶりのことだった。

今では、森田先生は「にしかわ」と呼《よ》び捨《す》てで呼ぶようになっていたけれど、かっちゃんはイヤではなかった。

むしろ、親しみがこもっているようでうれしいくらいだ。

「先生、授業中、にしかわは自分はわがってるけど、きっとわがらない子もいるんでないべかと思って、わざと手をあげてくれでだの知ってだよ。したけど、こごのとごろ、手をあげでくれなぐなったけさ。なんがあったのがい？」

森田先生は、お見通しだった。確《たし》かにそうなのだ。いや、それだけではない。夏休みは漫画《まんが》や本を読んだり、テレビを見たり、友だちと遊んでばかりいたのだ。

そして、二学期がはじまっても、以前みたいに夜遅《おそ》くまで勉強をすることはなくなっている。

「めんどくさぐなってきただけです……」

かっちゃんは、森田先生の顔を見られずに、申し訳《わけ》なさそうな声を出した。

「そうが。めんどくさぐなってきたのが……したけどな、先生は、にしかわのそういうやさしいどこ、好きだったんだけどな」

森田先生は悲しそうな顔で静かな声で言った。

かっちゃんは、なんて答えればいいのかわからず、ただ黙《だま》ったままだった。

そんなかっちゃんをしばらく見ていた森田先生は、

「わがった。もう帰っていいど」

と言って、そのまま教室を出ていこうとした。森田先生の後ろ姿《すがた》はとても寂《さび》しそうだった。

「………」

かっちゃんは、その場に突《つ》っ立ったまま、帰ろうとはしなかった。

「なした?」

気配を察した森田先生が、振《ふ》り返って聞いた。

かっちゃんは、言おうかどうしようか迷《まよ》ったけれど、

「したって、いぐらがんばっても東君には勝てねごとわがったから……」

と、言った。

かっちゃんの一学期の成績表《せいせきひょう》は、五段階評価《だんかいひょうか》の「4」がほとんどで、たったひとつ「5」になっていたのは体育だけだった。

しかし、東君は家庭科のほかはすべて「5」だと噂《うわさ》で聞いていた。おそらくそれは本当だろう。とてもかなう相手ではないのだ――かっちゃんは、東君に対する思いを正直に話した。

聞き終えた森田先生は、

「そうがなあ？　東君は確《たし》かに勉強もいちばんできて運動もでぎる優秀《ゆうしゅう》な生徒だ。だがら先生は、にしかわのいいライバルだと思ってだよ。したって名前からして、東と西だもなぁ。それに東君ちは、食糧庁《しょくりょうちょう》の出張所《しゅっちょうじょ》の所長さん、にしかわは北電《ほくでん》の所長だべ。いい勝負になるべなぁと思ってんだけどなぁ」

からかうような口調で言ったので、

「先生、どうやっても東君には勝でないよ。頭の出来が違《ちが》うんだわ、きっと」

かっちゃんは、むっとした顔で言った。

すると、森田先生は、

「いや、すったらごと絶対《ぜったい》ねぇど。したらあれが？　足の長い人と足の短い人が競走したら、短い足の人は絶対に勝てないっていうのが？　――にしかわ、おめ、ここの学校にきて先生とはじめて会ったどぎのごと、忘《わす》れたのが？」

その目は怒《おこ》っていた。そんな森田先生の顔を見るのは、はじめてだった。

「先生、言ったべさ。人より速ぐ走りたいど思ったら、手ばそいつよりもっと速く振《ふ》ればいいって。勉強も同じだ。にしかわ、おめ、東君より何倍も勉強やったのがい？　やってやって、それでもダメだったっていうんならそれは仕方ない――」

森田先生は、怒った自分を落ち着かせるように深いため息をつくと、いつもの穏《おだ》やかな口調で言った。

「先生、最初に会ったどぎに言ったたっけさ。なんも勉強苦手でも立派《りっぱ》な人はいっぱいいるって。したけどな、あれだけがんばったおめが、勉強のごとぐらいでやる気なぐなったり、あぎらめる気持ちを持ったってごとが先生はがっかりなんだ。残念なんだ。悔《くや》しいんだ。わがるがい?」

先生が言っていることはわかる。

しかし、問題は単に東君に勉強で負けていることだけではないのだ。細田さんのことにしろ、容姿《ようし》にしろ、東君にはすべてにおいてかなわないことがわかったのだ。

特に、最近はその思いが強くなって、かっちゃんは半ば投げやりな気持ちになっていたのだった。

というのも、秋の運動会が近くなり、体育の時間は細田さんのいる一組と合同でマスゲームやフォークダンスの練習をすることが多くなったのが大きな原因《げんいん》だった。

フォークダンスは、男子と女子が向き合って手をつなぎ、曲に合わせて踊《おど》りながら次の人次の人へと移《うつ》り変わっていく。

かっちゃんは、細田さんが近づいてくると、ほかの人に聞こえてしまうのではないかと思うほど鼓動《こどう》が大きくなって、逃《に》げ出したい気持ちと早くこないかなぁという相反する気持ちがごっちゃになってしまうのだった。

そして、いざ細田さんと向き合うことになると、まともに顔を見ることもできず、手もつなぐどころかわずかに触《ふ》れるか触れない程度《ていど》しかできないのだ。

まして体育の時間の女子は、ブルマ姿《すがた》という刺激的《しげきてき》な格好《かっこう》をしている。ほかの女子にさえ目のやり場に困《こま》るのだから、目の前にきたブルマ姿の細田さんとなると、もうどこを見たらいいのかわからず、かっちゃんはとんでもない明後日《あさって》のほうに目を向けるしかなかった。

しかし、その細田さんはといえば、誰《だれ》とでも楽しそうにして踊っている。

その姿はとてもまぶしくも見え、同時に腹《はら》立たしくも思えてくるという矛盾《むじゅん》した感情《かんじょう》にかっちゃんは戸惑《とまど》い、自分自身がいやになってくるのだった。

さらにかっちゃんが落ち込《こ》むときは、細田さんが東君のところへ移っていって楽しそうに踊っている姿を目にするときだ。

(あぁ、やっぱりあのふたりは似合《にあ》ってるもなぁ……)

と、自分の容姿《ようし》に改めて強いコンプレックスを抱《いだ》いてしまうのだった。

そんなことが重なるにつれ、かっちゃんはいくらがんばっても限界《げんかい》というものがあり、どうにもならないことはあるんだと思うようになっていった。

だから、そんな努力ばかりするより、勉強もそこそこできるようになった今、かっちゃんはたくさんできた友だちと仲良く遊んでいたほうが楽しいと思うし、それでいいのではないかと思うようになっていったのだった。


そんなもやもやとした毎日が続き、やがて秋の運動会の日がやってきた。

かっちゃんは、何組かに分かれた五十メートルの徒競走で、一等賞を取って鉛筆《えんぴつ》一ダースをもらうことができた。

五年一組と二組の代表三人による対抗《たいこう》リレー競走では、学年でいちばん足の速い石川君が一番を走り、その次が東君、そしてかっちゃんがアンカーに選ばれて、圧勝《あっしょう》することができた。それでも、かっちゃんの気持ちは、どこか晴れることはなく、運動会のプログラムは進んでいった。

そして、運動会の最後を飾《かざ》る一年生から六年生の先生たちによるバトンリレー競走のプログラムがはじまった。

北檜山小学校は、それぞれの学年がすべて二クラスしかない。だから、一年生から六年生の一組か二組のどちらかの担任《たんにん》の先生六人がまず先に走り、一周したところで同じ学年の残りの組の担任の先生にバトンを渡《わた》し、計二周してどの学年がゴールを切って優勝《ゆうしょう》するかという競走だ。

「いちについて――」

かっちゃんたち五年生の学年の担任で最初に走るのは一組の先生で、二周目のアンカーが森田先生になっている。

「よーいッ……」

バンッ！――ピストルが鳴った。

「○○先生、がんばれー！」「△△先生、がんばれー！」と、それぞれの学年の生徒とその保《ほ》護者《ごしゃ》たちが、黄色い声援《せいえん》を送った。

先生たちは同時にスタートを切ったものの、少しずつ順位がはっきりしていく。そのたびに歓声《かんせい》と声援はいよいよ大きくなっていき、グラウンドはたいへんな熱気に包まれた。

もちろん、かっちゃんたち五年生は、隣《となり》の五年一組の先生を声の出るかぎり応援《おうえん》していたのだが、一組の先生はじりじりと置いていかれ、ついにはビリっけつになってしまった。

それでもかっちゃんたち五年生は、声を限《かぎ》りに声援《せいえん》を送りつづけた。

しかし、バトンを待つ森田先生のところまで、あと二、三十メートルというところで五年一組の先生が、あろうことか転倒《てんとう》してしまったのだった。

「あーあ……」

かっちゃんたちが陣取《じんど》っている五年生の生徒たちの集団《しゅうだん》から、一斉《いっせい》に大きなあきらめのため息が漏《も》れた。

その時点で、トップとは半周もの差が開いていた。しかも、森田先生は前を走っている先生たちに少しでも追いつこうと、ずいぶん前に走り出してバトンを待っていたのだ。

が、森田先生はあきらめていなかった。猛然《もうぜん》と逆《ぎゃく》方向に走り出して、転んでいた五年一組の先生のもとにいき、バトンをむしりとるようにして手にすると、先行する先生たちを追って走りはじめたのだ。

そして、かっちゃんたち五年生の生徒が固まっている場所に来たときだった。

森田先生がチラッと見て、かっちゃんと目が合った。

「にしかわ、よーぐ見でろやッ！」

森田先生は言った——いや、一瞬《いっしゅん》のことだ。ましてや、この大声援の中で、森田先生の声など聞こえるはずもない。しかし、かっちゃんにとっては、確《たし》かに森田先生はかっちゃんを見たし、森田先生の声が聞こえたのだ。

誰《だれ》がどう見ても、森田先生に勝ち目はないことは歴然だった。

ところが——先生たちの間でいちばん背《せ》が低い森田先生が物凄《ものすご》いスピードで追い上げをはじめ、あっという間に先をいく先生を一人、二人と抜《ぬ》いていった。

「森田先生〜ッ！」

五年生の女子生徒のひとりが叫《さけ》ぶと、それをきっかけに五年生たち生徒全員がふたたび立ち上がり、

「がんばれー！　森田先生〜ッ！」

と、応援《おうえん》しはじめた。

すっかりあきらめていたかっちゃんをはじめとした五年生の生徒たちはもちろん、やがて観客の保護者《ほごしゃ》たちも立ち上がって歓声《かんせい》をあげはじめた。

走っている森田先生はガッチリと噛《か》んだ歯を見せ、大きな目をカッと見開き、鬼《おに》のような形相で三人目、四人目をごぼう抜きの勢《いきお》いで追い抜き、土煙《つちけむり》を舞《ま》い上がらせながらなおも、ぐ

んぐんとスピードを上げていく。

森田先生の手は目にも留《と》まらぬ速さで振《ふ》りつづけられ、その足を漫画《まんが》の〝おそ松《まつ》くん〟みたいに何本にも見えるほど回転させていた。

その姿《すがた》は、まさに「がむしゃら」という表現《ひょうげん》でしか表せないほどの凄《すさ》まじいものだった。

「森田先生〜ッ、がんばれーッ！」

やがて、ほかの先生を応援《おうえん》していた生徒たちも保護者《ほごしゃ》たちも、グラウンドに集まっている誰《だれ》もが立ち上がって、森田先生を応援しはじめた。

しかし、トップを走る先生と森田先生との差は、十メートルほどあいており、すでにトップの先生はゴール目前まで迫《せま》っていた。

「森田先生〜ッ！」――グラウンドに集まっていた全員が、申し合わせたように怒濤《どとう》のような声を張《は》り上げつづけた。

と、森田先生は、なにかがのり移《うつ》ったかのような信じられないスピードで猛追《もうつい》し、ついにゴール寸前《すんぜん》でトップの先生と並《なら》んだ――そのときだった！

「にしかわ、あぎらめるなッ。負げたくないど思ったら、人より何倍もやれ！　頭がいいどか悪いどか、体が大きいどか小さいどか、すったごと関係ねんだッ！」

あんな遠くを走っているのだ。そんなことは絶対《ぜったい》にあるはずがないのだが、かっちゃんには、森田先生の声がはっきりと聞こえた気がした。

そして、ゴールの瞬間《しゅんかん》！——トップの先生とほぼ真横に並んだ森田先生は、最後の一瞬、頭をのめり込《こ》ますように突《つ》き出して、ほんのわずかな差でゴールテープを切ると、勢《いきお》い余《あま》ってそのままコロンコロンコロンコロンと何メートルも先に転がっていった。

うおおぉぉ～ッ！というグラウンド全体が地鳴りのような歓声《かんせい》に包まれる中、顔も体じゅうも土だらけになった森田先生は立ち上がり、持っていたバトンを力強く高々と上げた。

（すげぇッ……）

かっちゃんは、森田先生のその姿をただ呆然《ぼうぜん》と突っ立って見つめていた。

走っていた姿も土だらけになっている姿も、決して格好《かっこう》のいいものではなく、むしろ滑稽《こっけい》でかっこ悪く、観客席からは笑い声さえ漏《も》れている。

しかし、森田先生がやったことは、かっちゃんには、まさに奇跡《きせき》に思え、感動して体じゅうにびっしりと鳥肌《とりはだ》が立っていた。

（先生ッ、かっこいい！すげぇじゃ！——先生、ほんとにかっこいいって、こういうごとなんだね、森田先生ッ！……）

かっちゃんの目から、じんわりと涙《なみだ》があふれ出した。

しかし、その涙は痛《いた》いときや悲しいときの涙と違《ちが》って、とてもあったかい涙だった。

人は、うれしいときも涙を流し、声をあげることなく静かに泣くこともあるんだ、ということをかっちゃんは、このときはじめて知ったのだった。


十月になると、今度は学芸会の練習がはじまった。

かっちゃんのクラスは民話をモチーフにしたお芝居《しばい》をすることになり、主役はふたりで、かっちゃんと東君が選ばれた。

あらすじは、ある村に村人たちからたいへん尊敬《そんけい》されている庄屋《しょうや》さんがおり、ある日大切な用があって町へ出かけることになる。そこへ泥棒《どろぼう》が入るのだが、庄屋と顔がうり二つなため、奉公人《ほうこうにん》たちは、すっかり庄屋さんだと思い込《こ》む。が、泥棒は酒が大好きで、調子に乗って飲んでいるうちに自分は泥棒だとしゃべってしまって、みんなに取り押《お》さえられてしまう。

そこに庄屋さんが帰ってくると、実はふたりは小さいころに生き別れになった双子《ふたご》の兄弟だったということがわかり、無罪放免《むざいほうめん》。庄屋さんと、心を入れ替《か》えた泥棒は、ふたりで協力して村のためにさらに尽《つ》くしましたというものだ。

庄屋さんは東君で、泥棒の役はかっちゃん。

お話は短くて単純《たんじゅん》なものだったけれど、森田先生はどうしたのかと思うほどその芝居に熱を入れ、演技指導《えんぎしどう》はもちろんのこと、芝居に使うセットや背景《はいけい》、衣装《いしょう》も手作りにしようと言い出して、毎日生徒たちを放課後の下校時間ぎりぎりまで残してやらせた。

東君がまた学級会を開いて、また森田先生のやり方に反対するかなと思ったけれど、東君も案外やる気になっているようで、なんの文句《もんく》も言わないどころか、むしろ楽しんでいるように見えた。

森田先生は東君にも容赦《ようしゃ》なく厳《きび》しい演技指導をしたし、かっちゃんにはもっと厳しい要求を出すのだった。

「にしかわ、恥《は》ずかしがるなってば。大げさなくらいやらないば、お客さんは笑ってけねど。この芝居は、笑ってもらわねば、なんもおもしろぐねんだがらな。いいが、よーぐ見でれ。泥棒に入るどきは、こうやるのさ」

と言って、自らやってみたりするのだが、これがまたおかしくておかしくて、全員腹《はら》を抱《かか》えて笑った。

そんな練習がどれくらい続いただろうか。ようやく、学芸会の当日を迎《むか》えた。

森田先生は、生徒たちの手作りの野良着《のらぎ》を着させた登場人物ひとりひとりに舞台化粧《ぶたいげしょう》をしてやり、

「これで舞台さ出ても、アガるごとねべ」

と言った。

そして最後に化粧をしたかっちゃんを見ると、生徒たちはゲラゲラ笑い出した。トイレに行って鏡でその姿《すがた》を見たかっちゃんも、思わず噴《ふ》き出した。

野良着にほっかむりをしたかっちゃんの口のまわりは真っ黒に塗《ぬ》られ、鼻の頭は真っ赤で、眉毛《まゆげ》も太くて真っ黒な一本線になっていて、まるで別人のようだった。

（あははは……これだば、誰《だれ》だかわがねな。よーし！）

かっちゃんはふっ切れた。そして、いよいよ舞台に上がっても、ほんとうにアガることもなかったし、なんの恥《は》ずかしさもなくなり、むしろ楽しんで役をやることができた。

観客の生徒たちや先生たちは、大笑いし、大受けだった。特に、先生たちからは、かっちゃんの酔《よ》っ払《ぱら》いの演技《えんぎ》は、本当に酒を飲んでいるのではないかと思うほどリアルだと絶賛《ぜっさん》されたほどだ。それはそうだろう。かっちゃんは、小さいときからおとうちゃんの酔っ払う姿をいやというほど見てきているのだ。

その役をやったことで、かっちゃんは大切なことを学んだ気がした。それは、人を笑わせるということの楽しさとむずかしさだ。

そして楽しんでもらい、笑わせるには一生懸命《いっしょうけんめい》にやらなければ、見ている人たちは喜んでくれないということだ。

もしかすると、森田先生は、かっちゃんたち生徒にそのことを教えようと思ったのかもしれない。

Ⅵ

かっちゃんに事件《じけん》が起きるのは、なぜかいつも春だった。

六年生になる春休みのある日、突然《とつぜん》、東《ひがし》君からかっちゃんの家に電話がかかってきた。

グラウンドで会わないかと言う。東君から電話がかかってくるのははじめてのことだったので、とても驚《おどろ》いたけれど、かっちゃんはなんの用なのかなんとなく察しがついていた。

グラウンドに行くと、鉄棒《てつぼう》のところで東君が待っていた。

「なしたの?」

近づいていって聞くと、東君は、

「うん——実は、六年生から函館《はこだて》の学校に転校することになったんだ」

やっぱり——かっちゃんの思っていたとおりだった。

「もう荷物も片付《かたづ》いてね。明日、引っ越《こ》すことになったから、みんなには会わないで行くことになる」

「そうなのが……」

「だけど、にしかわ君には会っておきたいと思ってね。それで電話したんだ。でね、これなんだけど――」

東君は、紙を差し出した。

「新しい住所。ときどき手紙出すから、にしかわ君も手紙、くれないか？」

かっちゃんは、驚いた。

その住所が書かれた紙を受け取ったまま黙《だま》っていると、東君は、

「なぁ、にしかわ君、君も高校は函館に行くんだろ？」

と、また意外なことを言い出した。

かっちゃんは、高校のこと、いや、中学校のことさえ考えたこともなかったので、なんて返事をしたらいいかわからない。

すると東君は、

「小学校と中学校は選べないけど、高校は選べるだろ。にしかわ君、ボクと同じ高校に行って、友だちになってくれないかな？」

と、またまた意外なことを言った。

「森田《もりた》先生に転校することになったたって言いに行ったとき、言われたんだ。君とにしかわはいいライバルだったたって。だから転校していっても、きっといい友だちになれるって。ボクもそう思う。だから――」

東君は、ちょっと恥《は》ずかしそうな顔をして言った。かっちゃんは、うれしかった。

あの運動会の日以来、かっちゃんは、また前よりもっと勉強をするようになった。

東君に勝ちたいとか、そういうことではなかった。森田先生のあの走る姿《すがた》を見て、やれるところまでやってみようと思い直したのだ。

「わがった。手紙書ぐ。函館の学校のごと、いろいろ教えでけれ」

「うん。ボクももっとがんばるから、にしかわ君もね」

「わがった。東君よりもっともっとがんばらないば、同じ高校に行げないと思うがら、がんばるよ」

「じゃ――」

東君は、そう言って背《せ》を向けて歩くと、なにかを思い出したように、また戻《もど》ってきた。

「なしたの?」

かっちゃんが不思議そうに聞くと、

「うん。春休みに入る前ね、自由研究をなににしたらいいか、一組と二組の学級委員同士で話し合うことがあったんだよ」

「うん……」

かっちゃんの細田《ほそだ》さんへの片思《かたおも》いは、まだ続いていた。

「その話し合いが終わったとき、それとなく細田さんに気になる男子はいるのって、聞いてみたんだよ」

かっちゃんは、急にドキドキしてきた。

「そしたら、そんなのいないって言うから、にしかわ君は？　って聞いてみたんだ。そしたらさ、しゃべったことがないからどんな人かわからないけど、学芸会を見ておもしろい人だなって思ったってさ」

「………」

かっちゃんは、なんて言えばいいのか言葉がみつからず、ただ黙《だま》っていた。

「あのさ、六年生になってもクラス替《が》えはないみたいだし、今度は、にしかわ君が二組の学級委員になるだろ？　そうしたら、細田さんといろいろ話せる機会ができるからさ。ただ、それだけ——じゃ」

東君はそう言ってグラウンドを走っていくと、また途中《とちゅう》で止まって振《ふ》り返り、両手を口にあてて、

「がんばれよー！」

と、冷やかした口調で言って手を振り、また走っていった。

そんな東君のおちゃめなところをはじめて見たかっちゃんは、なんだかとてもうれしい気持ちになった。

そしてかっちゃんは、いちばん高い鉄棒《てつぼう》に跳《と》び上がって逆上《さかあ》がりをし、鉄棒の上に腹《はら》を乗せたまま、東君の姿《すがた》が見えなくなるまで見送った。


かっちゃんは、小学校六年生になった。

東君の予想どおり、かっちゃんは六年二組の学級委員になったけれど、一組の細田さんは学級委員にはならなかった。

なんでも噂《うわさ》では、圧倒的《あっとうてき》多数で選ばれたのだが、五年生のときに一度やったので辞退《じたい》したいと申し出たのだそうだ。

かっちゃんは、最初はかなりがっかりしたけれど、どうせ片思《かたおも》いなのだし、話す機会が増《ふ》えて「はんかくさい」と思われて嫌《きら》われるより、そのほうがいいと思うことにした。

東君から手紙が来たのは、五月に入ったころだった。

東君の転校した函館の小学校は、クラスが四組もあって勉強も北檜山《きたひやま》よりかなり進んでいるという内容《ないよう》だった。

かっちゃんも手紙で学級委員に選ばれたことや、クラスの様子などを書いたけれど、細田さんが学級委員にならなかったことは、なんだか恥《は》ずかしくて書かなかった。

それよりも、東君の手紙で函館の小学校のほうが勉強が進んでいるということを知ったかっちゃんは、復習《ふくしゅう》に加えて予習の大切さも知り、五年生のとき以上に勉強に時間を割《さ》くようになり、いつも十二時過《す》ぎまで事務所《じむしょ》で、ひとり眠《ねむ》い目をこすりながらやるようになった。

そんなとき、ときどき外で酔《よ》っ払《ぱら》って帰ってきたおとうちゃんがやってくることがあった。

「勉強が？」

おとうちゃんは、目をとろんとさせて聞く。

「うん」

かっちゃんが答えると、おとうちゃんは、ぬっと、緑の包装紙《ほうそうし》に白字で「寿司《すし》」といくつも

書かれた寿司《すし》折りを差し出して、

「食え」

とだけ言うと、

「つかさ。いいが？　に、いち、てんさくのご、だ。に、いち、てんさくのご……」

と、例の謎《なぞ》の言葉をつぶやきながら二階へ上がっていくのだった。


そんなある朝、事件《じけん》が起きた。

いつものように教室に行くと、チャイムが鳴っても森田先生がなかなかやってこなかったのだ。

しばらくすると、教頭先生が教室に入ってきて、森田先生は大切な用事があって遅《おく》れてくるので、それまで自習しているようにと言った。

森田先生が教室にやってきたのは、一時間目がもうそろそろ終わるというころだった。

森田先生はとても疲《つか》れた様子で、目を真っ赤に充血《じゅうけつ》させていた。そんな元気のない森田先生を見るのははじめてだったので、みんななにかたいへんなことがあったのだと直感した。

「みんな、遅れですまないな……」

声まで別人のように、まるで元気がなかった。

「先生、どうかしたんですか？」

「なにがあったんですか？」

女子の何人かが、不安そうな声で矢継《つ》ぎ早に聞いた。

森田先生は少しの間、沈黙《ちんもく》していると、

「実はな――実は、先生の奥《おく》さん今、病院にいるんだわ……。赤ちゃん、生まれる予定なんだけどな、逆子《さかご》で危《あぶ》ないって言われでさ。先生も昨日の夜がら、ずっと病院にいだんだ」

教室の中は、一斉《いっせい》に静まり返った。

「このままだと、どっちも危ないって言われでさ……そったらごと言われでも、どうせってってが……」

森田先生の声は、次第《しだい》に涙声《なみだごえ》になっていった。

「先生……先生な、こども大好きなんだ。したがら、先生になったんだよ。したけど、奥さんだって大事に決まってるッ……どっちがって言われだって、そったらごと選べるわげねべさ。したがら、病院の先生に頼《たの》むがら、どっちども助けでくださいって頼んだッ。したけど、病院の先生がな、できるかぎりのごとはしてみるけど、どうなるがわがらねがら覚悟《かくご》はしておいでくださいって言うんだよ……」

森田先生の目から大粒《おおつぶ》の涙《なみだ》がこぼれていた。それを拭《ふ》くこともなく、森田先生はくしゃくしゃな顔になって、辛《つら》そうな涙声で続けた。

「先生、こったらにどうしたらいいがわがらねぐなったの、はじめてだ……。こったらにおっかない気持ちになったの、はじめてだ……。あど、先生にできるごとといったら祈《いの》るごとだけだ。したけど、病院の廊下《ろうか》でたったひとりでいるの、心細くなってきでな。したら、みんなどいっしょにいだいと思ったんだッ……。みんなには悪いけどな。みんなどいさせでけれ。今日は勉強、教えられねけど、許《ゆる》してけれッ。悪いな、悪いッ……」

森田先生はそこまで言うと、もうその先は言葉にならず、教壇《きょうだん》の机《つくえ》に顔を突《つ》っ伏《ぷ》して声を殺して泣きはじめた。

静まり返った教室に、森田先生の嗚咽《おえつ》だけが響《ひび》く——生徒たちは、誰《だれ》もなにひとつ言葉を出すことなどできず、何人かの生徒のすすり泣く声が聞こえる。

いつも明るくて、おもしろくて、あんなに強くてやさしい森田先生が、かっちゃんに勉強やスポーツの大切さと楽しさを教えてくれ、いつも励《はげ》ましてくれたあの森田先生が、あんな辛そうにして声を殺して泣いている。

なのに、かっちゃんには森田先生をどう励ましていいかわからない。どんな言葉をかければいいのかわからない。かっちゃんは、そんな自分が歯がゆくて悔《くや》しくてたまらなかった。

しかし、かっちゃんは、自分はここで絶対《ぜったい》に泣いてはいけないと強く思っていた。かっちゃんまで泣いてしまうと、森田先生に降《ふ》りかかっている悪いものに負けてしまいそうな気がしたのだ。

（先生ッ、大丈夫《だいじょうぶ》だ。大丈夫に決まってるッ。森田先生みでな人に、悪いごとなんか起ごるわげねがらッ。絶対、すったらごと起ぎねよッ……）

かっちゃんは、涙なんか出てこないように奥歯《おくば》を嚙《か》み締《し》めながら、心の中で何回も何回もそう強く叫《さけ》んでいた。

一時間目の授業《じゅぎょう》の終わりを告げるチャイムが鳴った。

森田先生は、教壇の横の窓辺《まどべ》にある机に行って、涙を拭《ぬぐ》いながら何度も深いため息をついて外を眺《なが》めていた。

かっちゃんたち生徒は、トイレに行く以外には席を立つ者もおらず、視線《しせん》を机に落としたまま微動《びどう》だにしなかった。

休み時間が終わり、二時間目の授業がはじまっても森田先生とかっちゃんたちは、物音ひとつたてることもなく、ただじっとしていた。

張《は》り詰《つ》めた空気のまま、何時間目までそうしていただろう。

突然《とつぜん》、誰《だれ》かが廊下《ろうか》をあわただしく走る音が聞こえてきた。

森田先生とかっちゃんたち生徒は、一斉《いっせい》に教室の引き戸を見つめた。

そして、バタバタと走る音が近づいてきたかと思うと、勢《いきお》いよく教室の引き戸が開かれ、用《よう》務員《むいん》のおじさんが緊張《きんちょう》した顔を見せた。

「森田先生、病院から電話です！」

森田先生は、真っ青な顔をみんなに向けると、「うむ」というようにあごを引き締《し》めると、猛《もう》ダッシュで教室から走り出ていった。

それからどれくらいの時間がたったのか——五分だったのかもしれないし、十分。いや、二十分だっただろうか……森田先生が、ふたたび教室に戻《もど》ってきた。

かっちゃんたちは、申し合わせたように一斉に立ち上がって、森田先生の言葉を待った。

森田先生の口が動いた。

「助かった……」

微《かす》かな声だったが、それははっきりと聞こえた。

「先生ッ！……」

女子のひとりが叫《さけ》ぶように言うと、ほかの生徒たちもわっと森田先生のもとに駆《か》け寄《よ》って、うれし泣きしはじめた。

「奥《おく》さんも赤《あか》ん坊《ぼう》も元気だと。ありがと。みんな——ありがと。みんなのおかげだッ……」

森田先生の目から、またぽろぽろと大粒《おおつぶ》の涙《なみだ》がこぼれていた。

かっちゃんは、体じゅうの力が抜《ぬ》けたようになって、ペタンとイスにへたり込《こ》んだ。

「ありがとう。みんな、ほんとうにありがとな……」

取り囲む生徒たちの頭を森田先生は、やさしく撫《な》でながら声を詰《つ》まらせていた。

「先生、はやぐ病院さ！」

離《はな》れて見ていたかっちゃんは、立ち上がって叫んだ。

森田先生は、ハッと我《われ》に返ったような顔をしてかっちゃんを見ると、

「おう。したら、あどは、にしかわ、頼《たの》んだど！」

涙目ではあったけれど、はじめていつもの明るい笑顔《えがお》を見せた。

「うん！」

かっちゃんは、しっかり答えた。

森田先生が教室を出ていくと、ようやくかっちゃんの目からもじんわりと涙《なみだ》があふれてきた。

それは、あの運動会で流したときと同じ、静かでとてもあったかい涙だった。

北檜山町には、後志利別川《しりべしとしべつがわ》という川幅《かわはば》が広い大きな清流が町の中を流れている。

その川は、夏には八つ目うなぎがやってきて、秋には水面《みなも》を真っ黒に覆《おお》うほどの鮭《さけ》たちが遡《そ》上《じょう》してくる。

その秋——かっちゃんたちは、登別《のぼりべつ》と洞爺湖《とうやこ》へ二泊《はく》三日の修学《しゅうがく》旅行に出かけた。

登別ではアイヌの人たちの伝統《でんとう》の歌と踊《おど》りを楽しみ熊《くま》牧場を見学し、洞爺湖では遊覧船《ゆうらんせん》に乗ったり土産物《みやげ》を買ったりと楽しい時間を過《す》ごした。

しかし、なんといっても楽しかったのは夜だ。みんな興奮《こうふん》して眠《ねむ》れず、トランプや枕《まくら》投げをしたり、女子の部屋にもぐりこんで大騒《おおさわ》ぎを起こす生徒もいたけれど、森田先生も一組の先生も大目に見て叱《しか》ることはなかった。

そして最後の夜——誰《だれ》が言い出したのかわからないのだが、学年の男子女子それぞれの誰がいちばん人気があるのか投票しようということになった。

一組と二組を合わせると、およそ八十人。部屋は、男子女子ともそれぞれ十人ずつ八つの部屋に分かれている。

そのそれぞれ分けられた生徒の部屋にノートを破《やぶ》った紙を人数分配って、女子は男子、男子は女子の名前をひとつ書き、それを集計して決めるというのだ。

あくまで人気投票なのだから、名前を書くことと「好き」ということとは必ずしもイコールではないのだけれど、似《に》たようなものだ。

だから、みんな誰の名前を書いたのかわからないように、それぞれ部屋の隅《すみ》に散って見られないようにして書いた。

かっちゃんは、

（東君がいだら、きっと東君が一番だべなぁ）

とか、

（東君がいだら、興味《きょうみ》ないよ、とか言って、やらねがったべなぁ）

などと、想像《そうぞう》してもしようがないことを思いながら、迷《まよ》うことなく細田さんの名前を書いた。

そしてその紙を紙袋《かみぶくろ》を持って集計に来た生徒に渡《わた》したとたん、かっちゃんは細田さんが誰の名前を書いたのか気になって仕方がなくなってきた。

というのも女子に名前を書かれた男子は、その紙を受け取ることができることになっているので、その文字の形からもしかするとわかるかもしれないと思ったのだ。

しかし、その一方で、細田さんがかっちゃんではなくほかの男子の誰《だれ》かの名前を書いていたらどうしよう……と、わけのわからない不安が湧《わ》いてきて、後悔《こうかい》しはじめた。

しばらくすると誰が言い出したのかわからないが、かっちゃんのいる部屋に男子たちがぞくぞくと集まってきた。

しかし、この人気投票に全員が参加したわけではなく、集まってきた男子は三十人弱だった。女子はもっと少ないかもしれない。

（細田さんも参加しねがったんでねべが……）

かっちゃんは、そう思うと、なんだか馬鹿《ばか》馬鹿しくなってきた。

そして結果は——かっちゃんのところには、投票用紙が十何枚《まい》集まり、いちばん多い票を得た。

しかし、かっちゃんはがっかりした。

「西川司《にしかわつかさ》」と書かれた文字は、どれも同じように定規《じょうぎ》を使って書かれていて、筆跡《ひっせき》がわからないようになっていたのだ。

こういうことに関しては、女子のほうが一枚も二枚も上手《うわて》だということだ。

が、突然《とつぜん》、かっちゃんは穴《あな》があったら入りたいと思うほど後悔しはじめた。

かっちゃんの書く字は、とてもクセがあるのだ。もし、細田さんに渡《わた》ったかっちゃんの書いた紙と、かっちゃんのノートに書かれた文字を突《つ》き合わせれば、一発でわかってしまうだろう……。

これでは、「好きだ」と告白したようなものではないか……。

（あ〜どうするべ。あ〜、やっぱりいつまでたってもはんかくさいのは直らねじゃ……）

楽しかったはずの修学《しゅうがく》旅行は、一遍《いっぺん》に恥《は》ずかしい旅行に変わってしまった。

帰りのバスの中、女子の人気投票一位は、やっぱり細田さんだったということを耳にした。

かっちゃんは、それはそれでうれしいと思ったけれど、自分も彼女《かのじょ》の名前を書いたことがわかったらどうしようとそればかり気になって、バスが北檜山の町につくまで眠《ねむ》くもないのにずっと眠ったふりをした。

そんな気がかりは呪《のろ》いのようにしばらく続き、学校の休み時間に細田さんと廊下《ろうか》ですれ違《ちが》うと笑われたような気がしてしまったり、昼休みに遊ぼうと体育館に行っても細田さんの姿《すがた》を見ると、あわてて回れ右をして教室に戻《もど》ってしまう始末だった。

そんなことをしているうちに、実は細田さんもあの人気投票に参加したらしいという噂《うわさ》が入ってきたから、かっちゃんの心はますます乱《みだ》れるばかりだった。

しかし、結局、いつになっても細田さんが誰《だれ》の名前を書いたのかはわからずじまいで、かっちゃんが細田さんの名前を書いたことも知られることなく、長い冬休みがやってきた。


小学校の最後の三学期は、やけに早く過《す》ぎていった。

そして、いよいよ北檜山小学校とも森田先生ともさよならをする日が明日となった日、かっちゃんは森田先生と放課後の教室で、久《ひさ》しぶりにふたりきりで向き合って座《すわ》っていた。

「うん。これでいいんでねが」

作文用紙に書かれた文章を読んでいた森田先生が言った。

それは、かっちゃんが森田先生の添削《てんさく》を受けながら何度も書き直してできたものだった。

かっちゃんは、児童会長に選ばれ、明日の卒業式で卒業生代表として答辞を読むことになっているのだ。

最初は自由に書いてみなさいと言われたので、森田先生へのお礼の言葉をたくさん書いたのだが、それを読んだ森田先生は困《こま》ったような照れたような笑《え》みを浮《う》かべて、

「これは卒業生代表のあいさつなんだがら、こういうことは書がねぇほうがいいど思うど」

と言って、書き直しするように言われたのだ。

しかし、いくら書き直しても、かっちゃんはどうしても森田先生への感謝《かんしゃ》の言葉を書いてしまう。

すると森田先生は、

「にしかわ。先生な、先生のごと書がれるより、おめが児童会長になって、卒業生代表として答辞ば読むってごとだけで充分《じゅうぶん》にうれしいんだよ」

と、目を細めて言ったのだった。

「先生、赤ちゃん、元気ですか?」

答辞の原稿《げんこう》にオーケーが出て安心したかっちゃんは、なにげなく聞いた。

「うん。元気だ。あのどきは心配かげてしまったな」

森田先生は、はにかんで言った。

「なんもです……」

かっちゃんは首を振《ふ》った。あのときから一年も経《た》っていないのに、かっちゃんにはとても前に起きた出来事のように思えた。

「にしかわ、来てみれ」

窓辺《まどべ》に向かった森田先生が言った。

森田先生の隣《となり》に行くと、きれいな夕日がグラウンドを真っ赤に染《そ》めていた。

「いよいよ、あしただな。卒業式――」

「はい……」

かっちゃんは、いつの間にか、森田先生と同じくらいの背丈《せたけ》になっていた。

「おめとはじめて会ったの、きのうのごとみてだじゃ」

森田先生は、はじめて会った日と同じ、やさしい目でかっちゃんを見た。

ほんとうにそうだと思った。森田先生の奥《おく》さんと赤ちゃんの出来事よりずいぶん前のことなのに、つい何日か前のような気がする。

この二年間のことを改めて思い返すと、本当にいろんなことがたくさんあったなあという思いと同時に、あっという間に過《す》ぎていった気がする。

「東とは、手紙のやりとりしてるのがい?」

「はい。ときどきだけど、東君は相変わらずがんばってるみたいです」

東君は、あれからも何通か手紙をよこし、かっちゃんも返事を書いている。

はっきりとは書いていなかったけれど、その文面から、おそらく函館の大きな小学校でも成《せい》績《せき》は一番か二番だろうと想像《そうぞう》がついた。

「なあ、にしかわ。正直に言うが?」

森田先生は、グラウンドに目を向けたまま言った。

かっちゃんは、意味がわからず森田先生の横顔を見た。

「実はな、おめとはじめて会ったどき、先生、まさが、にしかわがここまでになるとは思ってながったんだよ」

「そうだったんですがぁ……」

かっちゃんだって、自分でもそう思っている。

「もうひどつ、正直に言うとな。先生、ペルーからまた日本の小学校さ戻《もど》ってきて、うまぐ生徒だちに勉強ば教えられるんだべがって不安だったんだよ」

「先生がですか?」

驚《おどろ》いた。とてもそうは見えなかったし、実際《じっさい》、森田先生より教えることがうまい先生など、おそらくいないだろうと思い込《こ》んでいたからだ。

「んだよ。したがら、その不安ばみんなに隠《かく》すの、たいへんだった……」

森田先生は、顔を横にしていたずらっぽい顔でかっちゃんを見て言った。

「おれ、先生の生徒になれで、ほんとによがったと思ってる」

かっちゃんは、最近になって自分のことを自然に「おれ」と呼《よ》ぶようになっていた。

そして、森田先生を見ると、心なしか目を潤《うる》ませているように思えた。

「なんもだ。先生のほうごそ、にしかわの担任《たんにん》になってほんとによがったと思ってる。ペルーから帰ってきて、まだ日本の小学校の先生やっていぐ自信つげてくれだの、おめだからな」

森田先生は、また夕日に染《そ》まるグラウンドのほうに目を向けると、

「にしかわ、おめは、やっぱり〝ひまわり〟だったな」

と、突然《とつぜん》、妙《みょう》なことを言った。

かっちゃんは、自分が「ひまわり学級」にいたことなど忘《わす》れかけていたので、訝《いぶか》しげな顔で森田先生を見た。

「理科で習ったの、忘れだのがい？　ひまわりは、太陽のほうさ向いて顔ば動がすベ？」

忘れてはいない。しかし、それがかっちゃんとどういう関係があるというのだろう？

「おめは、ほんとうによぐがんばった。五年生の終わりに、とうとう東ば抜《ぬ》いたがらな。それがら、東がいなぐなってもがんばりつづけで、六年生の三学期にはとうとう全部５ば取って学

年で一番になった。あの東だってオール5は取れながったんだ。おめは、最後の最後にとうとう勝ったんだよ」

そうだったのか……かっちゃんは、東君を抜いたことは知らなかった。しかし、それとひまわりといったいどういう関係があるというのだろう？

かっちゃんが不審《ふしん》そうな顔をしていると、森田先生は例の悪巧《わるだく》みをしているいたずらっ子のような顔になって、

「太陽はさ、最初は東から昇《のぼ》るけど——見でみれ。最後の最後は、ああやって西に沈《しず》んでいぐべ？」

と言った。

かっちゃんは、ようやく意味がわかった。森田先生はなにかにつけて、かっちゃんと東君を競《きそ》わせようとしたのだ。

（すったらごとないよ。東君があのままいだら、きっと負けでた……）

かっちゃんが照れくさそうな顔でそんなことを思っていると、森田先生はまるでかっちゃんの心の中をのぞき込《こ》んだように、

「なんも勉強の成績《せいせき》のごとだけ言ってるんでない。学級委員になったおめは、ほんとにクラス

ばよぐまとめてくれだ。したがらだべ。みんなも五年生のどきよりもっと明るくなったもなあ。そのおかげで、先生、教室にいないで職員室《しょくいんしつ》で、やらないばならない仕事ができるようになった。にしかわ、ほんとにおめには、先生のほうが感謝《かんしゃ》してるど」

森田先生の声は、かすかに震《ふる》えていた。

かっちゃんは、森田先生のその言葉に思わず胸《むね》が詰《つ》まった。

(すったらごとねぇよ、先生……)

もし、森田先生と出会えなかったら、今ごろ自分はいったいどうなっていただろう、とかっちゃんは思う。

森田先生から、かっちゃんは本当にたくさんのことを教えてもらったのだ。

勉強することの大切さとスポーツの楽しさもそうだけれど、勉強することの本当の意味は、考えることであること。世の中にはまだまだたくさんの不思議があるということ。

そしてなにより、どんなときでも決してあきらめないということの大切さとすばらしさ——森田先生には数え上げればきりがないほど、大事なことを身をもってたくさん教えてもらったのだ。

その森田先生のおかげで東君とも友だちになれたし、転校していっても友情《ゆうじょう》を持ちつづけることができた。だからこそ、かっちゃんは、がんばってこられたのだ。

森田先生には、どんなに感謝の言葉を尽《つ》くしても尽くしきれない——かっちゃんは、もっといろんな言葉で森田先生にお礼を言いたかった。

けれども、それ以上なにか口にすると泣き出してしまい、涙《なみだ》があふれ出て止まらなくなると思ったので、グッと奥歯《おくば》を噛《か》み締《し》めて、こみ上げてくるものを必死で押《お》し殺した。

が、森田先生は、まるで意地悪するかのように最後の一撃《いちげき》を加えてきた。

「にしかわ。卒業しても先生のごとば忘《わす》れないでけれな。先生もおめのごとは、一生忘れないがら……」

そう言うと森田先生も奥歯を噛み締めて、なにかに堪《た》えるような顔になっていた。

かっちゃんは、もうなにも言葉を発することができなかった。だから、目に涙を溜《た》めながら何度も何度も強く強くうなずいた。

そして、かっちゃんと森田先生は、しばらくの間、地平線に半分ほど沈《しず》み、近くの空を真っ赤に滲《にじ》ませた夕日を黙《だま》って眺《なが》めていた。

教室を出て、きれいな夕焼けに染《そ》まっているグラウンドの横の道を歩いて家に帰ろうとしていると、すぐ近くにあるブランコをひとりでこいでいる生徒の姿《すがた》が見えた。

かっちゃんは涙《なみだ》で目が滲《にじ》んでいて、夕日がまぶしかったのでその生徒が誰《だれ》だかはっきりとはわからなかった。

そばまで行ったとき、ブランコに乗っていたその生徒がちょこんと飛び降《お》りて、

「にしかわ君——」

と、かっちゃんを呼《よ》んだ。聞いたことがあるようなないような女子の声だった。

目をこすって見ると、驚《おどろ》いたことにその生徒は、あの細田昌子《まさこ》さんだった。

かっちゃんは、催眠術《さいみんじゅつ》をかけられたように体が動かなくなった。

「——なしたの？　……」

それだけ言うのが精一杯《せいいっぱい》だった。

「おめでとう」

細田さんが笑顔《えがお》を見せながら近づいてきた。

「え？」

「あした、答辞、読むんでしょ？」

「ああ……」

答辞を読むことになったのは、なにも昨日や今日のことではない。細田さんはなにを言っているのだろう？

「がんばってね」

「うん……」

かっちゃんは意味を測《はか》りかねていた。

「それだけ――じゃあね」

細田さんは、本当にそれだけ言うと、背中《せなか》を向けてスキップするように離《はな》れていった。小柄《こがら》で痩《や》せているけれど、すらっとした細田さんの後ろ姿をぼんやり見つめていたかっちゃんは、

（いいのが？　せっかく向こうが話しかけできてくれだのに、このまんまでいいのが？）

と、心の中で自問自答していた。

「あの――あのさぁ……」

かっちゃんは、勇気を振《ふ》り絞《しぼ》って声を出した。

「？――」

スキップを止めて、細田さんが振り向いた。

小首をかしげたその顔は、夕日を受けて茜色《あかね》に染《そ》まっていて、いつもより何倍もかわいらしく見えた。

「なに?」

細田さんの顔を見たとたん、かっちゃんは、呼《よ》び止めたことを後悔《こうかい》しはじめた。

「い、いや――なんでもない……」

本当は、修学旅行《しゅうがく》のときの人気投票で細田さんが誰《だれ》の名前を書いたのか聞きたかったのだけれど、さすがにとてもそこまでの勇気は出てこなかった。

「そ。じゃ――」

そう言って、細田さんは背中《せなか》を向けると、また足を止めて振《ふ》り返って近づいてきて、

「あ、そうだ。にしかわ君、ありがとう」

と言った。

「なにが?」

かっちゃんがポカンとした顔で聞くと、

「修学《しゅうがく》旅行のときの投票――あたしの名前、書いてくれたんだって?」

「!? ……」

かっちゃんは、絶句《ぜっく》した。

やっぱり知られてしまっていたのだ。

それにしても、誰から聞いたのだろう？　いや、どうしてバレてしまったんだろう？　誰かが、かっちゃんの字とあのときの字を比《くら》べてみたのだろうか？　……。

かっちゃんの頭の中はいくつもの疑問《ぎもん》がぐちゃぐちゃに浮《う》かんでいっぱいになり、夕焼けよりも真っ赤になって下を向いていた。

しかし、こうなったらかっちゃんだって聞かなければならない。

「細田さんは――誰の名前、書いだの？」

かっちゃんは、残っている勇気を振り絞《しぼ》って、顔を上げて聞いてみた。

すると、細田さんは、

「ふふ。もう忘《わす》れちゃった」

と、言った。

（そ、それはねべやぁ……）

やっぱりこういうことは、女子のほうが一枚《まい》も二枚も上手《うわて》なのだ……。かっちゃんは一挙に体じゅうの力が抜《ぬ》けてしまい、へなへなと座《すわ》り込《こ》んでしまいそうになった。

かっちゃんががっくりしていると、

「ねぇ、にしかわ君——中学校に入ったら、同じクラスになるといいね」

細田さんは、小学校の横に建っている中学校のほうを見て言った。

「え？」

思わず聞き返した。

「だって同じクラスになれば、友だちになれるでしょ？」

かっちゃんは、不意を突《つ》かれて、ポカンとした顔になった。

（あ〜……）

そうなのだ。友だちになればいいのだ。どうしてそんな簡単《かんたん》なことに今まで気がつかなかったのだろう？　——おそらくかっちゃんは男ばかり四人の兄弟で育ったので、友だちというのは男の子となるもので、女の子と友だちになるという発想がそもそもなかったのだ。

（やっぱり、おれは、まだまだはんかくせぇじゃ……）

かっちゃんは、苦笑いを浮《う》かべた。

「ん？　——」

細田さんは、どうしたの？　という顔をしている。

「うん。んだね。同じクラスになれればいいね」

かっちゃんは、笑顔《えがお》で言った。

「うん！　――じゃ」

細田さんは、ニコッと笑うとくるりと背中《せなか》を向けて、またスキップを踏《ふ》みながら帰っていった。

かっちゃんは満面の笑顔で、夕焼けを受けて去っていく細田さんの後ろ姿《すがた》をまぶしそうに見つめていた。

Ⅶ

卒業式の日がやってきた。

壁《かべ》全体が紅白《こうはく》の幕《まく》で覆《おお》われた広い体育館は、在校生《ざいこうせい》と卒業する六年生の保護者《ほごしゃ》たちで、いっぱいになっていた。

「卒業生、入場！」

マイクを通した教頭先生の声が響《ひび》き渡《わた》り、廊下《ろうか》に整列していたかっちゃんたち卒業生が体育館の中に整列して入っていくと、在校生と保護者たちが拍手《はくしゅ》で迎《むか》えてくれた。

練習したとおりに、卒業生たちが壇上《だんじょう》の前に並《なら》べられたイスに座《すわ》ってしばらくすると、やがて校長先生のあいさつがはじまった。

そして、来賓《らいひん》の人たちの贈《おく》る言葉、卒業証書《しょうしょ》の授与《じゅよ》が終わり、いよいよかっちゃんの答辞の順番がやってきた。

さすがに、心臓《しんぞう》の音がだんだんと激《はげ》しくなってきた。

「答辞。卒業生代表、六年二組、にしかわつかさ君！」

教頭先生が、かっちゃんの名前を呼《よ》んだ。

「はい！」

かっちゃんは手をあげて、元気いっぱいに答えた。

そして、体育館に集まっている在校生たちと保護者たちが注目する中、壇上のすぐ下に並んでいる先生たちの横を通って、壇上に登る短い階段《かいだん》を目指した。

その途中《とちゅう》、森田《もりた》先生とチラリと目が合った。森田先生は、ウインクを送ってきて、小さくガッツポーズを取った。

かっちゃんは、森田先生にニッコリと笑《え》みを返して進んだ。

そして壇上に上がり、校章が縫《ぬ》いつけられた濃《こ》い紫《むらさき》色の布《ぬの》に包まれた台の上に置かれた、四角くて銀色の大きなマイクの前に立つと、一礼してから体育館に集まっている人たちを見渡した。

先生たち、六年生、在校生、その後ろにいる保護者たちの視線《しせん》がかっちゃんひとりに注がれている。

その中に、よそゆきの服を着て、ばっちり化粧《けしょう》をしたおかあちゃん、ランドセルを奪《うば》い合った、四年生になったすぐ下の弟の秀昭《ひであき》、かっちゃんのせいで作ってしまったあの鼻の傷《きず》がずいぶん目立たなくなっている、二年生になったいちばん下の弟の公司《こうじ》の姿《すがた》もあった。

「答辞——」

かっちゃんは、用意していた作文用紙を広げて読み上げた。心臓《しんぞう》は破裂《はれつ》するのではないかと思うほどドクンドクンと鳴っていたけれど、緊張《きんちょう》しすぎてアガるということはなかった。

あの学芸会のお芝居《しばい》のときのように、しゃべる内容《ないよう》は昨夜おそくまで何回も読んですべて頭に入っていたし、着ていた服もはじめて身につけた舞台衣装《ぶたいいしょう》のようなものだったからかもしれない。

それはおかあちゃんがこれまでかっちゃんに買ってくれたものの中で、いちばん高価《こうか》な新品の紺《こん》のジャケットだった。

「今日、ボクたち六年生はこの北檜山《きたひやま》小学校を卒業します。先生方、父兄のみなさん、そして下級生のみなさん、これまでお世話になり、本当にありがとうございました——」

答辞を読み進めていくと、かっちゃんの頭の中に、これまでのことがフラッシュ映像《えいぞう》のように錯綜《さくそう》しながら次から次へと浮《う》かんできた。

時計の見方がわからず、おかあちゃんに竹の物差しで叩《たた》かれていたときのこと——。

かっちゃんのせいでいちばん下の弟の公司が鼻に大傷を負い、いたたまれなくなって笹藪《ささやぶ》の中のあの隠《かく》れ家《が》に逃《に》げて、ひとり大声をあげて泣いた日のこと——。

おとうちゃんの実家の人たちに疎《うと》んじられ、腹《はら》立ちまぎれに夜中に布団《ふとん》の上にうんこしてしまったあの夏の夜——。

自分は拾われてきた子だと思い込《こ》み、家から出ていけと言われるのではないかと怯《おび》えた日々——。

そんなかっちゃんが今、こうして卒業生代表として答辞を読んでいる。

（これは、本当は夢《ゆめ》でないべか？——）

と、突然《とつぜん》、ババババーン！　バッ、バッ、バッ、バーン！——森田先生が、かっちゃんを音楽室に連れていったときにピアノで弾《ひ》いた、短いベートーベンの「運命」が、かっちゃんの頭の中で鳴り響《ひび》いた。

かっちゃんは思った。

（んだ！　これは夢なんかでない。今こうしてここにいるのは、ぜんぶ、森田先生のおかげだ。あの春休み、森田先生と出会えでねがったら、今ごろどうなってたんだべが？　――あれこそ、「運命」だったんでねべが……）

かっちゃんの脳裏《のうり》に、森田先生と過《す》ごしたあの五年生になる前の春休みの出来事が、次から次へと鮮《あざ》やかに浮《う》かんできた。

やがて、かっちゃんの胸《むね》の中に、ある想《おも》いがむくむくと湧《わ》きあがってきた。

（考えでみれば北檜山小学校に来て、たった二年しか経《た》ってない。それだのに卒業生代表だなんて言われて、こったら思ってもいない空々しいごとをまじめな顔して読むのは、やっぱりおがしいんでねべが？　……）

そう思ったかっちゃんは答辞を途中《とちゅう》で読むのをやめ、手にしていた作文用紙を台に置いた。

体育館の中がざわつきはじめた。

かっちゃんは、チラッと森田先生のほうを見た。

森田先生は、いったいどうしたんだ？　とばかりにその大きな目を剝《む》いていた。

かっちゃんは、森田先生の視線《しせん》を受け止めながら決意した。

(先生、ごめん。やっぱり本当に思ったごと言いたい。おごらないでけれ!)

かっちゃんは、顔を上げてみんなのほうを向いてしゃべり出した。ざわついていた体育館が、また静かになった。

「ええと……」

「ボクは、この北檜山小学校に来る前まで〝ひまわり学級〟という特殊《とくしゅ》学級にいました。そのころのボクは、とてもはんかくさいこどもで、自分の名前もちゃんと書けませんでした――」

用意していた答辞とは明らかに違《ちが》うことを言い出したかっちゃんの言葉に、体育館の中は、さっきとは違うざわめきが起きた。

しかし、かっちゃんは構《かま》わず、しっかり前を向いて続けた。

「字が書けなかったり読めなかっただけではありません。足し算も引き算も勉強というものがまるでわがらながったし、跳《と》び箱《ばこ》も逆上《さかあ》がりもできませんでした。したけど、五年生になる春休みに、この北檜山小学校に来て、森田先生と出会えたおかげで、ボクは変わることができたんです――」

ざわついていた体育館の中は、水を打ったように静かになり、多くの熱い視線がかっちゃんに集まってきた。

（にしかわ。やめれ。もういい。もういいがら……）

森田先生のそう言う声が聞こえてきた気がしたけれど、かっちゃんはやめなかった。

「森田先生にはじめて会ったとき、先生は字が書けながったり読めないこどもは世界じゅうにいっぱいいる。したけど、だがらってそのこどもだちが、はんかくさいがっていうとそんなことはない。勉強が苦手でも立派《りっぱ》に生きている人はたくさんいるんだって言いました。そんなことを言ってくれたのは、森田先生がはじめてでした。それから、勉強は頭で覚えるんでなく、体で覚えるんだって教えてくれました――」

しゃべっているかっちゃんの頭の中に、森田先生と過《す》ごした二年間の思い出が次々と浮《う》かんできた。

「そして、勉強すれば、わがらないごとやおっかないと思っていたごと、不思議なごとがわがって、気持ちがすーっとするというごと。したけど、本当に大切なごとは〝考えるごと〟だというごと。勉強は、その考えるごとの手助けになる道具なんだってごとを森田先生は、言葉でなぐ体で教えでくれました。だがら、ボクは一生懸命《いっしょうけんめい》に勉強しました。したけど、がんばるごとがもうイヤだと思ったごとだってありました――そんなボクがダメになりそうになったとき、森田先生は怒《おこ》ったりしませんでした。怒るどころか、またボクになにが大切なのがというごとを体で教えてくれたんです。五年生の運動会のときです――」

あのとき、トップを走る先生とビリの森田先生は半周もの差がついていた。誰《だれ》もが勝てるはずなどないと思っていた。

しかし、森田先生だけは違《ちが》っていた。森田先生は、懸命に猛然《もうぜん》と走った。

そして、かっちゃんがいる前を走り抜《ぬ》けていこうとしたとき、チラッとだけ目が合った。

「あのとき、森田先生は走りながら言ったんです。ううん、そんなごと絶対《ぜったい》にないと思うんだけど、ボクには、〝にしかわ、よーぐ見でろやッ!〟って、森田先生の声がはっきり聞こえたんです」

体育館に来ている生徒や先生、保護者《ほごしゃ》たちの脳裏《のうり》にも、それははっきりと焼きついているに違いない。

鬼《おに》のような形相で、何本にも見えるほど手と足を回転させ、あっという間に先を走る先生たちをごぼう抜きしていった森田先生は、ついにトップの先生とゴール寸前《すんぜん》で並《なら》んだ。

そして、ゴールの瞬間《しゅんかん》――森田先生は、頭をのめり込《こ》ますようにして突《つ》き出し、ほんの僅《わず》かの差でゴールテープを切ると、勢《いきお》い余《あま》ってそのままコロンコロンと何メートルも転がっていった。

うおおぉぉぉ〜ッ！　というグラウンド全体が地鳴りのような歓声《かんせい》に包まれる中、顔も体じゅうも土だらけになった森田先生は、持っていたバトンを力強く高々と上げた。

「そして、森田先生がとうとう一位になって、転がって土だらけになりながらバトンを高々と上げたあのとき、ボクは思ったんです。どんなどきもあぎらめてはいけない。頭がいいどか悪いどか。体が大きいどか小さいどか。かっこいいどか悪いどか。ううん。勝つとか負げるとかそったらごとは、どうでもいいんだ。いちばん大切なごとは、自分がどれだけがんばるがってごとなんだぞって——」

かっちゃんは、言葉に詰《つ》まった。その目には涙《なみだ》があふれそうになっていた。

しかし、かっちゃんは、こぼれ落ちそうな涙を必死に堪《こら》えて続けた。

「ボクは今日、森田先生のいるこの小学校を卒業します。したけど、中学校に行っても——いや、その先もずっと森田先生が教えてくれたたくさんの大切なごとを忘《わす》れないで、がんばっていこうと思っています——最後に、先生方、父兄のみなさん、そして下級生のみんな、卒業生代表としてちゃんと用意した答辞を読まないで、自分の思ったごとを勝手に言ってしまったことを謝《あやま》ります。すみませんでした——」

かっちゃんは、体育館に集まっている人たちに深々と頭を下げた——と、しばらく静まり返っていた中から、パチパチとためらうような小さな拍手《はくしゅ》が聞こえてきた。

かっちゃんが驚《おどろ》いた顔をして頭を上げると、小さかった拍手は波が広がっていくように徐々《じょじょ》に大きくなっていき、やがて生徒たちも保護者《ほごしゃ》たちも立ち上がりはじめ、体育館は盛大《せいだい》な拍手に包まれていった。

かっちゃんは、ただただびっくりして立ちすくんでいた。

すると今度は、拍手していた同級生と下級生、それに保護者たちはまるで申し合わせたようにごく自然に、かっちゃんからゆっくりと森田先生に向けて、さらに大きな拍手を送りはじめた。

そして校長先生をはじめそこに並《なら》んでいた先生たちも、森田先生に向けて拍手を送りはじめたのだった。

会場じゅうから盛大な拍手を満身に受けている森田先生は、真っ赤にした大きな目からぽろぽろと大粒《おおつぶ》の涙《なみだ》を流しながら、嗚咽《おえつ》を漏《も》らさないように両手で鼻と口を塞《ふさ》いで立ち尽《つ》くしていた。

その様子を眺《なが》めていたかっちゃんが、ふと保護者たちのほうに目をやったときだった。そこだけぽっかり穴《あな》が開いたようになっていて、ひとりだけ拍手《はくしゅ》もせずイスからも立ち上がらずに、身をかがめるようにしている人の姿《すがた》が目に入った。

かっちゃんの視線《しせん》は、まるでカメラのズームレンズのように、そこに吸《す》い寄《よ》せられていった。


（おかあちゃん……）

よそゆきの服を着て、ちゃんと化粧《けしょう》をしたおかあちゃんが、イスに座《すわ》ったままハンカチで顔を覆《おお》っていた。

あの日――伊藤《いとう》先生から、かっちゃんをひまわり学級に入れたらどうかと言われ、おかあちゃんが床《ゆか》に崩《くず》れるようにして、わあわあと泣いてから五年が経《た》っている。

そのおかあちゃんが、今またかっちゃんの姿を見て泣いている。

（おかあちゃん、ずいぶん心配かけだね。したけど、もう大丈夫《だいじょうぶ》だから。ほんとに大丈夫だから……）

鳴り止《や》まない盛大《せいだい》な拍手の中、かっちゃんは涙《なみだ》で滲《にじ》んで見えるおかあちゃんに向かって心の中で何度もそう繰《く》り返した。

そうしているうちに、かっちゃんの目からはさっきまで必死に堪《こら》えていた涙が、堰《せき》を切ったようにあふれ出し、頬《ほお》をゆっくりと流れていった。

かっちゃんは、そのあったかい涙を拭《ぬぐ》うことなく、泣き笑いの顔でいつまでもおかあちゃんを見つめていた。

かっちゃんの卒業式——それは、森田先生とさよならをした日であると同時に、ボク自身が「かっちゃん」から卒業した日でもあった——。

このお話を書こうと思ったとき、母から森田勉《もりたつとむ》先生は定年退職間際《たいしょくまぎわ》の数年間、今度はペルーではなくブラジルの小学校で教鞭《きょうべん》を執《と》っていたということを聞いた。

そして教師《きょうし》を退職後、しばらくして病気で亡《な》くなったそうである。返す返すも残念でならない。

生前、母からボクが東京でテレビやラジオの台本を書く仕事をしていると聞いた森田先生は、「そうがぁ。そりゃあ、いがったなぁ。にしかわは、あいかわらずがんばってるのがぁ」と何度もそう言って喜んでくださっていたということを知り、ボクはほんの少しだけ救われた気がした。

森田勉先生のご冥福《めいふく》を心よりお祈《いの》りします――。

●著者略歴
西川つかさ（にしかわ　つかさ）
1958年、北海道生まれ。大学中退後、アメリカをはじめアジア各国を放浪した。帰国後、ニッポン放送「夜のドラマハウス」脚本公募で入選し、放送作家としてデビュー。以後、ラジオ、テレビの脚本構成、児童小説、漫画原作など、ジャンルを問わず活躍している。

ひまわりのかっちゃん

2007年2月8日　第1刷発行
2007年4月24日　第2刷発行

著　者　西川《にしかわ》つかさ
発行者　野間佐和子
発行所　株式会社講談社
東京都文京区音羽2-12-21（〒112-8001）
電話　出版部 03(5395)3536
販売部 03(5395)3624
業務部 03(5395)3618
印刷所　共同印刷株式会社
製本所　大口製本印刷株式会社
装幀／本文デザイン　中村光宏（N.D.O.）
カバーイラスト　北村ケンジ
本文データ制作　講談社プリプレス制作部

N.D.C. 913　255p　20cm

ISBN978-4-06-213741-6
定価は、カバーに表示してあります。